nestri

Trwy'r Ffenestri

Frank Brennan

Addasiad Manon Steffan Ros

Cyhoeddwyd gyntaf yng Nghymru yn 2018 gan Atebol, Adeiladau'r Fagwyr,
Llandre, Aberystwyth, Ceredigion, SY24 5AQ
www.atebol.com

Cyhoeddwyd gyntaf yn gan Cambridge University Press,
The Edinburgh Building, Cambridge, CB2 8RU

ISBN 9781912261437

Dymuna'r cyhoeddwyr gydnabod cymorth ariannol Cyngor Llyfrau Cymru.
Argraffwyd a rhwymwyd yng Nghymru.

Cynnwys

Fel Hen Win

'Anhygoel! Hollol, hollol anhygoel!'

Doedd Daniel Rowlands ddim yn defnyddio geiriau fel yna'n aml wrth ddisgrifio gwin. Arhosai'r dyn arall yn yr ystafell i weld oedd o'n hoffi'r gwin yma ai peidio. Roedd ei ddyfodol yn dibynnu ar farn Daniel Rowlands – os oedd o'n ei hoffi, basai'n cael ei brynu gan un o'r archfarchnadoedd mwyaf. Basai'n cael ei werthu ym mhob man. Edrychai perchennog y winllan arno'n nerfus. Dim ond gwinllan fach oedd ganddo – un o'r rhai lleiaf yn Bordeaux, Ffrainc. Tasai o'n gwerthu'r gwin, basai ei fusnes, oedd wedi bod yn ei deulu ers dros ddau gan mlynedd, yn cael ei achub.

Daliodd Daniel Rowlands y gwydryn at ei drwyn ac arogli'r gwin eto. Cododd y gwydryn at y ffenestr er mwyn gweld y lliw yn y golau. Fo oedd y Prif Flaswr Gwin i Archfarchnadoedd Happimart. Tasai o'n hoff o win, basai pawb yn ei brynu. Tasai o ddim yn hoffi gwin, fasai neb yn ei brynu. Roedd ei farn fel gair Duw.

'Fe ddywedoch chi eich bod chi wedi bod yn gwneud y gwin yma ers dau gan mlynedd?' gofynnodd i'r dyn arall. Dyn balch dros ei saith deg oed oedd

anhygoel – *amazing*	**gwydryn** – *drinking glass*
dibynnu – *to depend*	**blaswr** – *taster*
gwinllan – *vineyard*	**balch** – *proud*

Monsieur Colbert, a'i wallt mor ddu ag yr oedd o pan oedd o'n ugain oed.

'Dw i'n hen, ond ddim mor hen â hynny, syr,' meddai Monsieur Colbert gyda gwên fach. 'Ond mae fy nheulu wedi bod yn gwneud gwin ers dyddiau Napoleon. Os ga i ddweud, dyma'r unig winllan yn Ffrainc sy'n gwneud gwin yn y ffordd yma. Fy nghyfrinach fach i.'

Roedd Mr Colbert yn gobeithio y basai ei jôc fach yn gwneud i bawb ymlacio ryw ychydig.

Ond roedd Daniel Rowlands yn cymryd ei swydd o ddifrif. Fo oedd y gorau. Fasai o byth, byth yn gwneud jôcs wrth flasu gwin. Efallai y basai'n gwneud jôcs am flaswyr gwin eraill weithiau – a dweud y gwir, roedd o'n gwneud hynny'n aml. Ond fasai o byth yn gwneud jôcs wrth flasu gwin. Roedd hynny'n rhy bwysig. Roedd *Daniel Rowlands* yn rhy bwysig. Cododd y gwydryn at y golau unwaith eto a syllu i'r lliw coch, hardd cyn rhoi'r gwydryn yn ôl ar y bwrdd. Roedd o wedi penderfynu.

'Monsieur Colbert,' meddai, wrth roi ei fodiau ym mhocedi ei siaced goch, yr un oedd yn gweddu'n berffaith i'w dei. 'Mae'n rhaid i mi eich llongyfarch – mae hwn yn win bendigedig gyda blas ffrwythau a mymryn o fwyar duon; gwin fasai'n gweddu i gig coch, neu ar ei ben ei hun am wydraid gwych o win sy'n llawn cymeriad ...'

Gwenodd Monsieur Colbert yn llydan. Dyma'r geiriau roedd o wedi gobeithio eu clywed.

'Ond,' meddai Daniel Rowlands, gan dynnu sbectol o'i boced a'u rhoi at ei drwyn, 'ai dyma'r math o win mae cwsmeriaid Happimart eisiau? Maen nhw wedi arfer â gwinoedd sydd ddim yn gallu cystadlu â hwn. Dydy eu chwaeth nhw ddim wedi ... ym ... datblygu cymaint â'n chwaeth ni. Tybed

---

cyfrinach – *secret*	**blas** – *flavour*
bawd (bodiau) – *thumb(s)*	**mymryn** – *a hint, a little*
gweddu – *to suit, to match*	**chwaeth** – *taste, discernement*

a fyddan nhw'n gallu mwynhau gwin mor safonol? A fyddan nhw'n fodlon talu mwy amdano?'

Diflannodd gwên yr hen ŵr. Roedd Monsieur Colbert yn falch o'i win, ond doedd o ddim yn ddyn cyfoethog. Roedd yn rhaid iddo werthu ei win neu ddod â'i fusnes i ben. Roedd o'n hen ac roedd ganddo ddyledion. Basai angen arian arno os oedd o am ymddeol gyda'i wraig, oedd wedi bod yn sâl ers i'w mab, Jacques, farw ddwy flynedd yn ôl. Efallai mai dyma fasai eu hunig gyfle.

'Dw i'n addo i chi, Monsieur Rowlands, fod fy ngwin werth pob ewro; does dim gwell gwin yn yr ardal!'

Gwenodd Daniel Rowlands a chodi'r gwydryn eto at ei drwyn mawr. Anadlodd yn ddwfn, ac ochneidio.

'A, dach chi'n iawn, Monsieur Colbert – dyma un o'r gwinoedd gorau i mi ei flasu erioed!' Stopiodd am ychydig i gofio'r holl winoedd roedd o wedi eu mwynhau. Yr un yma oedd y gorau o bell ffordd, doedd y lleill ddim yn cymharu. A basai'n hyfryd cael ychwanegu hwn at restr gwinoedd Happimart, ei restr gwinoedd o. Ond basai'n gorfod bod ar ei delerau o, wrth gwrs.

'Ond,' meddai, 'does dim llawer o bobl isio gwinoedd drud, cymhleth – dim mewn archfarchnadoedd. O, mae 'na ddynion cyfoethog sy'n fodlon talu llawer o arian am win, mae hynny'n ddigon gwir. Ond oes yna ddigon, Monsieur Colbert, dyna'r cwestiwn. Cwsmeriaid cyffredin yw'n cwsmeriaid ni, nid dynion cyfoethog. Ac mae llawer mwy o bobl gyffredin nag sydd 'na o rai cyfoethog; y siopwyr sy'n gwneud arian i'n busnes ni, Monsieur, ac mae'n rhaid i ni eu plesio nhw.'

---

cyfoethog – *rich, wealthy*

dyled(**ion**) – *debt(s)*

addo – *to promise*

ochneidio – *to sigh*

ychwanegu – *to add*

telerau – *terms*

'Beth dach chi'n ddweud, Monsieur Rowlands? Dach chi'n gwrthod fy ngwin i am ei fod o'n rhy dda?' gofynnodd Monsieur Colbert, gan swnio'n fwy blin nag roedd o wedi bwriadu. Roedd hi'n amser caled, ac roedd ei winllan fach yn dibynnu ar bobl gyfoethog oedd yn fodlon talu crocbris am win da. Ond doedd pobl ddim yn gwario arian fel ro'n nhw'n ei wneud ers talwm, ac roedd o'n gwybod fod y dyn o'r archfarchnad yn gwybod hynny hefyd. Doedd o ddim eisiau colli ei fusnes. Basai'n gorfod aros am y cynnig a gweld beth fasai'n bosib.

'Dw i'n dweud, Monsieur,' meddai Rowlands o'r diwedd, 'fod Archfarchnadoedd Happimart yn trio cynnig y gorau i'n cwsmeriaid. Ni sy'n dda am brisiau isel, a chi sy'n dda am wneud gwin arbennig. Rhaid i ni ddod at ein gilydd i gynnig gwin gwych am bris teg.'

Doedd Monsieur Colbert ddim wedi arfer trafod busnes fel hyn. Roedd o'n hoffi i bobl fod yn onest ac yn agored.

'Beth yn union ydy'ch telerau chi, Monsieur Rowlands?' gofynnodd.

Chwaraeodd Daniel Rowlands â'r gwydryn wrth ateb, yn edmygu lliw tywyll y gwin wrth iddo'i ddal i fyny at y ffenestr. Roedd o wedi hen arfer â sefyllfaoedd fel hyn, ac roedd o'n mwynhau'r darn yma bron cymaint â'r gwin.

'Yr un telerau ag mae Happimart yn eu cynnig i bob gwinllan arall. Dan ni wrth ein boddau â gwin da, ond dan ni hefyd yn realistig am y farchnad. Dan ni'n cynnig prynu eich gwinllan chi ac yna eich cyflogi chi i reoli'r lle ...'

'Ond Monsieur ...?' Doedd hyn ddim yn plesio Monsieur Colbert.

'Wrth gwrs, fydd ddim disgwyl i chi gynhyrchu'r gwin ar eich pen eich

bwriadu – *to intend*	**trafod** – *to discuss*
talu crocbris – *to pay an extortionate price*	**edmygu** – *to admire*
wedi arfer – *used to, familiar with*	**sefyllfa(oedd)** – *situation(s)*

hun! Basai'n staff ni yma i'ch cefnogi. Fe gewch chi'r gorau o'r cyfan – byddwch chi'n dal i wneud gwin, ond gydag arian yn eich poced a chytundeb gyda Happimart. Mae'n gynnig teg iawn.'

Ddywedodd Rowlands ddim y basai'r cwmni yn siŵr o gael gwared ar Colbert unwaith iddyn nhw ddysgu sut oedd gwneud ei win anhygoel.

Siaradodd Monsieur Colbert eto.

'Mae'r winllan yma wedi bod yn fy nheulu ers cenedlaethau, Monsieur; mae'r winllan ac enw da fy nheulu'n golygu'r byd i mi. Pa bris dach chi'n ei gynnig am y gwin oedd yn ddigon da i Napoleon ei hun?'

Gwenodd Daniel Rowlands, ac enwi pris oedd yn ddigon i ddychryn yr hen ŵr. Roedd o'n llawer, llawer llai na'r hyn roedd Colbert wedi gobeithio ei gael. Ond basai'n ddigon i dalu ei ddyledion a chael ychydig arian ar ôl yn ei boced. A basai ganddo swydd, o leiaf. Basai'n gorfod ymddeol yn hwyrach nag roedd o wedi bwriadu, ond roedd o wedi hen arfer â gwaith caled.

Daeth Colbert at ei goed, a siaradodd. 'Ga i ychydig funudau i feddwl am eich cynnig?'

'Wrth gwrs, Monsieur. Cymerwch eich amser, er, bydd rhaid i mi adael cyn bo hir. Basai'n siom gorfod gadael heb i ni ddod i ... ym ... gytundeb hapus. Af i am dro bach o gwmpas y winllan.'

Aeth Daniel Rowlands allan. Roedd hi'n hwyr yn y prynhawn, a gallai weld rhesi o blanhigion y winllan dan olau aur yr haul. Doedd o ddim yn hir cyn stopio. Roedd o'n gwybod y basai'r hen ŵr yn colli popeth tasai o'n gwrthod y cynnig. Roedd sawl gwinllan fel hon wedi gorfod cau am fod y perchnogion ddim yn gallu ymdopi â'r farchnad fodern. Y gwahaniaeth

---

cytundeb – *agreement*

cael gwared ar – *to get rid of*

cenhedlaeth (cenedlaethau) – *generation(s)*

dychryn – *to frighten*

dod at ei goed – *to come to his senses*

ymdopi â – *to cope with*

mawr oedd mai dyma oedd y gwin gorau i Daniel ei flasu erioed, a basai'n rhaid iddo'i gael o.

Fe gafodd Daniel ei ddymuniad. Hanner awr wedyn, roedd y cytundeb wedi cael ei arwyddo. Wrth i Daniel Rowlands yrru i'r maes awyr, roedd yn cario gwaith papur gwinllan newydd Happimart.

Mewn ystafell mewn *château* yn Bordeaux, roedd hen ŵr yn crio.

* * *

Aeth Daniel Rowlands mewn tacsi o'r maes awyr i'w fflat foethus yn Llundain. Roedd o'n hapus. Roedd pethau wedi mynd yn dda, fel arfer. Weithiau basai gwinllan fach yn cynhyrchu gwin oedd yn gwerthu'n dda ac weithiau doedd pethau ddim yn gweithio cystal, ond roedd Happimart yn gwneud arian bob tro. Os nad oedd gwinllan yn gwneud digon o arian, basai Happimart yn ei gwerthu – roedd rhyw ffordd o wneud arian bob tro. Os oedd yr hen berchnogion yn colli eu swyddi – wel, dim problem Happimart oedd hynny. Dyna oedd y drefn.

Roedd Daniel Rowlands yn edrych ymlaen at ddyfodol newydd gyda chwmni Happimart. Cafodd wahoddiad i gyflwyno rhaglen deledu newydd oedd yn cael ei chreu gan y cwmni. Rhaglen am fwyd a diod oedd hi, a'i henw oedd *Prydau Parti*. Fo fasai'r arbenigwr gwin. Basai'n cael gwneud beth roedd o wedi breuddwydio amdano erioed: cael amser i fwyta ac yfed y bwyd a'r gwin gorau yn y byd. Basai'n siarad yn ddoeth ac yn ddiddorol, yn mwynhau ei hun, ac yn cael ei dalu'n dda iawn.

arwyddo – *to sign*	**cyflwyno** – *to present*
moethus – *luxurious*	**arbenigwr** – *specialist*
y drefn – *the order of things*	**doeth** – *wise*

Oedd, roedd popeth yn barod. Roedd ei ddyfodol yn edrych yn ddisglair iawn. Cyn bo hir, fasai dim angen iddo flasu'r gwinoedd rhad, diflas oedd yn plesio cwsmeriaid Happimart. Edrychodd ar oleuadau'r ddinas wrth i'r haul fachlud. Roedd yr awyr yn goch a melyn ac oren. Roedd mor brydferth.

Sylwodd Daniel ddim ar y car arall yn gwibio'n syth am ei dacsi.

* * *

Roedd o wedi taro ei ben yn erbyn drws y tacsi. Roedd y gyrrwr wedi ei frifo hefyd. Basai'n bosib trwsio'r tacsi. Yr unig arwydd fod rhywbeth wedi digwydd oedd craith fach uwchben trwyn Daniel. Basai pethau wedi gallu bod yn llawer gwaeth.

Roedd rhaid i Daniel aros yn yr ysbyty am ddiwrnod, i wneud yn siŵr ei fod o'n iawn. Doedd dim ots ganddo am hynny. Yr unig beth oedd yn ei boeni oedd y bwyd. Bwyd syml iawn, a gwahanol iawn i'r hyn roedd Daniel wedi arfer ei fwyta, oedd i'w gael mewn ysbyty. Doedd dim ots ganddo gael bwyd syml – cimwch mewn cragen, neu stecen gyda salad gwyrdd. Bara ffres, efallai, gyda chaws da a gwydraid o win gwyn oer. Roedd o'n fodlon cael bwyd syml pan oedd rhaid.

Pan gyrhaeddodd ei bryd cyntaf, cafodd sioc. Byrger, sglodion a phys oedd o, a gwydraid o sudd oren. Roedd o'n edrych yn ofnadwy ac yn blasu'n waeth. Galwodd Daniel am y nyrs.

'Nyrs,' meddai, 'mae'r byrger yma'n blasu fel cardfwrdd hallt, mae'r

machlud – *sunset*	**cimwch mewn cragen** – *lobster in its shell*
gwibio – *to speed, to dart*	**stecen** – *steak*
craith – *scar*	**cardfwrdd hallt** – *salty cardboard*

sglodion fel sebon, does dim blas ar y pys ac mae'r sudd oren fel hen finegr! Does dim bwyd ffres yma? Dach chi'n tynnu fy nghoes i neu be?!'

Aeth y nyrs â'r bwyd, a dod â salad yn ei le. Unwaith eto, cwynodd Daniel nad oedd blas ar y bwyd. Aeth y nyrs â'r bwyd at reolwr y gegin, a dywedodd hwnnw fod dim byd yn bod efo fo o gwbl.

'Mae'n rhaid bod tafod y rheolwr wedi ei wneud o rwber!' atebodd Daniel.

Daeth meddyg i weld a oedd rhywbeth yn bod. Roedd rhywbeth *yn* bod. Roedd y ddamwain wedi achosi gwaedu yn ymennydd Daniel, ac wedi difrodi'r rhan oedd yn rheoli'r gallu i arogli. Ac felly, collodd Daniel ei allu i arogli pethau. Ac am fod blasu'n dibynnu ar arogli, dim ond tri blas oedd ganddo nawr: hallt, melys a chwerw. Doedd o ddim yn gallu blasu unrhyw beth arall. Roedd o'n gallu mwynhau lliw a golwg y bwyd, ond dim ond y tri blas yna fasai o'n eu blasu, dim ots beth oedd y bwyd na'r ddiod. Dyna ddywedodd y meddyg.

Ond, heblaw am hynny, roedd o'n iawn.

'Wrth gwrs 'mod i'n iawn! Ga i fynd adre rŵan?' gofynnodd yn wyllt. Dywedodd y meddyg fod hynny'n iawn, ac felly dyna'n union a wnaeth Daniel.

Ond y tro hwn, aeth adre ar y bws.

* * *

Y peth cyntaf a wnaeth Daniel ar ôl cyrraedd adre oedd trefnu bwrdd yn ei hoff fwyty Ffrengig. Doedd o ddim yn credu am eiliad fod ei drwyn a'i

---

sebon – *soap*

gwaedu – *to bleed*

ymennydd – *brain*

difrodi – *to damage*

Ffrengig – *French*

dafod yn llai sensitif ar ôl y ddamwain. Dim ond taro'i ben wnaeth o! Na, basai pryd da o fwyd a gwydraid o win yn siŵr o wneud iddo deimlo'n well. Ac roedd pawb yn gwybod pa mor ddiflas oedd bwyd ysbytai!

Ar ôl cael bath ac eillio, roedd o'n barod. Gwisgodd ei hoff ddillad, gan gynnwys ei dei smotiog a'i siaced goch. Roedd o'n edrych ymlaen at ei fwyd. Fasai o byth yn yfed dim byd heblaw dŵr cyn pryd mawr o fwyd – doedd o ddim am i flasau eraill fod ar ei dafod. Roedd o wedi trefnu i gwrdd â Justin, ei bennaeth, ac un o benaethiaid marchnata Happimart. Roedd hwnnw wedi gadael neges ar ei beiriant ateb, yn holi a oedd pethau wedi mynd yn dda gyda'r hen Colbert yn Bordeaux. Edrychai Daniel ymlaen at rannu'r newyddion da dros bryd o fwyd.

* * *

Nhw oedd wrth y bwrdd gorau, yr un oedd yn edrych dros yr afon.

Awgrymodd Daniel y cig carw gyda thryffls a thatws newydd mewn menyn garlleg. Ond yn gyntaf, cawl nionod enwog Henri. Henri oedd y gorau am wneud cawl. Roedd o wedi dod yr holl ffordd o Provence er mwyn cael coginio i bobl bwysig Llundain.

Pan gyrhaeddodd y cawl, arhosodd Daniel i Justin ei flasu yn gyntaf. Roedd eu gwydrau'n llawn gwin o Fwrgwyn, ond fasai'r un ohonyn nhw'n ei flasu nes iddyn nhw orffen y cawl – dyna oedd y drefn.

Blasodd Justin y cawl. Dyn tal oedd o, tua thri deg pum mlwydd oed, gyda gwallt golau taclus a chorff oedd wedi bod yn heini, ond bellach ychydig yn dew ar ôl bwyta cymaint o fwyd da. Roedd o'n gwisgo siwt

---

eillio – *to shave*	**nionyn** (**nionod**) – *onion(s)*
cig carw – *venison*	**Bwrgwyn** – *Burgundy*
garlleg – *garlick*	

ddrud, ac yn edrych fel dyn oedd wedi arfer cael ei ffordd ei hun. Roedd o bron mor frwd dros fwyd a gwin da ag oedd Daniel. A dweud y gwir, syniad Justin oedd y rhaglen *Prydau Parti* ar y teledu a fasai'n gwneud Daniel yn seren.

'Daniel, mae'r cawl yma'n fendigedig! Un o oreuon Henri!'

Gwenodd Daniel. Chwarae teg i Henri! Cododd lond llwy o gawl i'w geg. Arhosodd iddo oeri am eiliad, ac yna cymerodd flas.

Halen!

Y cyfan roedd o'n gallu ei flasu oedd halen! Roedd y cawl yn blasu mor ofnadwy, bron i Daniel boeri ei gawl dros y bwrdd.

Sylwodd Justin.

'Daniel – beth yn y byd sy'n bod? Wyt ti'n iawn?'

Roedd Justin, sylwodd Daniel, wedi bwyta dau lond llwy o'r cawl yn barod. Roedd o'n amlwg yn mwynhau. Oedd y meddyg yn iawn wedi'r cyfan? Oedd o wedi colli ei allu i flasu?

Gwibiodd y meddyliau hyn drwy ei ben. Nid dyma oedd yr amser i gyfaddef ei fod o wedi colli'r gallu i flasu – ac nid i ddyn oedd wedi rhoi swydd i Daniel oedd yn dibynnu'n llwyr ar flasu! Basai'n rhaid iddo esgus fod popeth yn iawn. Wedi'r cyfan, roedd cawl Henri wastad yn wych.

'Ym … dim,' atebodd. 'Rhywbeth bach yn fy llwnc, dyna i gyd. Mae'r cawl yn flasus iawn.'

Gwenodd Justin, a gorffen ei gawl. Yna, dywedodd mor dda oedd y gwin Bwrgwyn – un o ffefrynnau Daniel, er ei fod yn blasu fel finegr cynnes heno. A dweud y gwir, roedd o'n ddigon ofnadwy i wneud iddo fod eisiau ei boeri allan. Ond wnaeth o ddim.

---

brwd – *enthusiastic*	**esgus** – *to pretend*
poeri – *to spit*	**llwnc** – *throat*
cyfaddef – *to admit*	

Siaradodd y ddau wrth fwyta, a Daniel yn dweud wrth Justin am win Colbert. Roedd Justin wrth ei fodd, ac yn edrych ymlaen at gael ei flasu. Gofynnodd i Daniel i ddod â pheth i swyddfa Happimart y bore wedyn er mwyn cael sesiwn i flasu rhai o winoedd newydd y cwmni. Roedd Justin yn hoffi trio pob gwin cyn iddo fynd ar werth, ac roedd yn ffordd dda o hyfforddi blaswyr gwin eraill Happimart. Roedd Justin hefyd yn gwybod fod Daniel wrth ei fodd yn dangos ei hun o flaen y lleill.

'Wrth gwrs,' atebodd Daniel. Ond roedd o'n nerfus. Doedd y cig carw oedd mor flasus i Justin yn ddim byd ond stwff meddal, hallt yng ngheg Daniel. Basai'n gallu bod yn bwyta y tu mewn i obennydd. Ond ddywedodd o ddim. Roedd meddwl am drio blasu gwin – rhywbeth y basai'n edrych ymlaen ato fel arfer – yn ei ddychryn. Basai angen amser arno. Basai'n rhaid iddo wneud rhywbeth am y peth.

'Fasai hi ddim yn well, Justin, i ni gael y sesiwn blasu gwin ychydig yn hwyrach yn y dydd?' awgrymodd.

'Daniel, fy machgen i, pam faset ti isio gwneud hynny? Mae'n bwysig i ti ddangos dy hun o flaen dy gyflogwyr!' Roedd y ffordd y dywedodd Justin y gair 'cyflogwyr' yn swnio bron yn fygythiol. Doedd o ddim yn hoffi newid ei gynlluniau. Os oedd gan Daniel reswm dros newid cynlluniau, basai'n rhaid iddo fod yn un da.

Roedd yn rhaid iddo feddwl yn gyflym. Fasai Justin ddim am ei gael o ar y rhaglen deledu wedi iddo glywed am ei broblem – efallai y basai'n rhaid iddo adael Happimart!

Cafodd Daniel syniad, syniad gwallgof, ond roedd y geiriau allan o'i geg cyn iddo gael cyfle i feddwl am y peth.

---

hyfforddi – to train

dangos ei hun – *to show off*

gobennydd – *pillow*

cyflogwr (cyflogwyr) – *employer(s)*

bygythiol – *threatening*

gwallgof – *mad*

'I ni gael amser i ddod â'n gweithiwr newydd, yr hen Colbert, draw o Ffrainc,' meddai Daniel. 'Fo sy'n gwneud rhai o'r gwinoedd gorau yn y byd; efallai y basai'n un da i drio'n gwinoedd ni, yr un amser â fi. Wedi'r cyfan, os ydy o am weithio yn y winllan, basai'n syniad da i gael ei farn am ein gwinoedd.'

Roedd Justin yn gwybod fod rhywbeth yn bod, ond doedd o ddim yn gallu meddwl beth oedd o. Doedd o ddim yn hoff iawn o Daniel, ond roedd o'n parchu ei allu fel blaswr gwin, hyd yn oed os oedd o'n ddyn balch oedd yn hoffi brolio ei hun.

'Bobl bach, Daniel, feddyliais i byth y byddwn i'n dy glywed di'n gofyn am farn rhywun arall! Wyt ti'n colli dy dalent?'

'Dim o gwbl!' Roedd Daniel yn siŵr y basai Colbert yn un da am flasu gwinoedd am ei fod mor dalentog am wneud gwin. Gallai gytuno â phopeth roedd Colbert yn ei ddweud. Basai'n amhosib wedyn i unrhyw un sylwi ei fod o wedi colli ei allu i flasu. Basai'n siŵr o allu barnu gwin wrth edrych ar y lliw – roedd rhywun yn gallu dweud llawer iawn am win o wneud hynny. Basai Colbert yn gallu achub gyrfa Daniel, o leiaf nes i Daniel allu blasu eto. Basai hynny'n siŵr o ddigwydd cyn bo hir.

'Iawn, Daniel. Croeso i ti drefnu. Siarad â Colbert, penderfyna ar ddyddiad ac mi wna i ddewis y gwinoedd. Ond Daniel?'

'Ia, Justin?'

'Paid â meddwl dy fod di'n gallu gwneud hyn bob tro, iawn?'

* * *

---

parchu – *to respect*

brolio ei hun – *to boast*

barnu – *to judge*

gyrfa – *career*

Aeth Daniel yn ôl at y meddyg. Roedd o wedi bod yn siŵr fod ei gyflwr yn beth dros dro, ond erbyn hyn, roedd o'n dechrau meddwl eto. A fasai pethau'n mynd 'nôl i fod i fel ro'n nhw? Roedd o eisiau cael gwybod – fasai ganddo ddim gyrfa heb ei fod yn gallu blasu.

'Does dim ffordd o wybod, Mr Rowlands,' meddai'r meddyg. 'Fel arfer, baswn i'n dweud na, ond chaethoch chi ddim llawer o ddifrod i'ch ymennydd. Efallai bydd o'n gwella, ond alla i ddim bod yn siŵr. Mae'n ddrwg gen i na fedra i fod yn fwy pendant na hynny.'

Y noson honno, gwnaeth Daniel rywbeth oedd yn anarferol iawn iddo – meddwi. Meddwodd ar ei ben ei hun ar frandi, ond wnaeth o ddim blasu'r un dropyn.

Y bore wedyn, roedd ganddo gur pen ofnadwy, ac arhosodd adre.

Roedd yn rhaid i Daniel Rowlands dderbyn fod ei yrfa yn nwylo Colbert. Efallai y basai'n gallu bod yn ddefnyddiol – wedi'r cyfan, roedd Daniel wedi achub gwinllannoedd yr hen ŵr, a basai ei winoedd anhygoel yn dal i gael eu gwneud. Doedd fawr o ots mai Happimart oedd yn berchen ar gwmni Colbert nawr, ac mai gweithiwr fasai Colbert yn hytrach na pherchennog. Wel, dyna oedd barn Daniel, beth bynnag. A phetai Colbert yn ei helpu, fasai neb yn gorfod dod i wybod am ei broblem. 'Mae'r hen ŵr yn siŵr o ddeall fod dynion fel fi'n bobl falch iawn,' meddyliodd. Roedd o'n siŵr y basai Colbert eisiau trio gwinoedd eraill. A basai'n rhaid iddo gwrdd â rheolwyr Happimart, iddo gael rhannu ei gyfrinachau am sut i wneud ei win.

Penderfynodd Daniel fynd ymlaen â'i gynllun: basai'n dweud y gwir wrth Colbert. Basai'r hen ŵr yn siŵr o wneud ffafr â Daniel, ond petai o

---

cyflwr – *condition*

dros dro – *temporary*

anarferol – *unusual*

cur pen – *headache (gair y Gogledd)*

ddim, gallai Daniel ddweud wrtho y basai'n colli ei swydd oni bai ei fod o'n fodlon helpu. Fasai o ddim yn gwrthod wedyn. Penderfynodd ffonio'r hen ŵr yn syth a dechrau trefnu.

Dim problem.

Dros y dyddiau nesaf, treuliodd Daniel lawer o amser ar y ffôn gyda Colbert, a chytunodd i ddod yno mewn pythefnos.

Diolch byth!

* * *

Wythnos yn ddiweddarach, cafodd Daniel alwad ffôn gan Justin. Roedd wedi blasu gwin Colbert, ac roedd o'n llawn cyffro.

'Daniel, 'machgen i, ro'n i'n gwybod ar ôl siarad efo ti y basai'n dda, ond wnes i ddim sylweddoli pa mor dda! Unwaith i ni ddechrau cynhyrchu hwn, bydd y farchnad yn mynd yn wyllt – bydd pawb eisiau'r gwin yma! Ac mae'n rhaid i ti gael Monsieur Colbert i ddod ag unrhyw winoedd eraill sydd ganddo – mae'r dyn yn amlwg yn athrylith! Ti'n ddyn clyfar, Daniel! Ond dyna ti – ti yw'r gorau yn y busnes. Mae Happimart yn lwcus i dy gael di. Dw i'n edrych ymlaen at gwrdd â Monsieur Colbert wythnos nesaf! Dw i wedi gwahodd pobl o'r rhaglen deledu, ffotograffwyr a newyddiadurwyr – pawb! Paid â fy siomi i, Daniel, achos mae hyn yn mynd i fod yn anferth.'

Roedd Daniel yn teimlo'n falch wrth glywed Justin yn ei ganmol, ond doedd ei allu i flasu ac arogli ddim wedi dod yn ôl. Basai'n rhaid iddo esgus ei fod o'n dal i flasu ac arogli'r gwin, a dibynnu ar liw'r gwin, ac ar

---

yn ddiweddarach – *later*

athrylith – *genius*

newyddiadurwyr – *journalists*

siomi – *to disappoint*

canmol – *to praise*

ei brofiad. Doedd yr wythnosau diwethaf ddim wedi bod yn hawdd. Basai Colbert yn cyrraedd cyn bo hir, a sylweddolodd Daniel ei fod o'n dibynnu ar yr hen ŵr i flasu.

Doedd Daniel ddim yn hapus am hynny. Dim o gwbl.

* * *

Doedd Colbert ddim wedi arfer gwisgo siwt. Doedd o ddim yn teimlo'n gysurus mewn tei. Basai'n llawer gwell ganddo fod yn ei hen ddillad, yn ei winllan – roedd o'n dal i feddwl amdani fel ei winllan o, er ei fod o'n gwybod nad oedd hynny'n wir erbyn hyn. A dyma lle roedd o, yn swyddfa archfarchnad Happimart yn Llundain, gyda llond swyddfa o ddynion tebyg i Daniel Rowlands. A dyna lle roedd Rowlands ei hun, yn ei siaced goch, unigryw, yn gwenu fel giât ac yn dal tynnwr corcyn yn ei law. Dywedodd wrth bawb am 'winoedd bendigedig Monsieur Colbert', a pha mor lwcus oedd o mai fo oedd y dyn wnaeth ddod o hyd iddyn nhw.

Roedd Rowlands wedi atgoffa Colbert ei fod o wedi gwneud ffafr â'r hen ŵr, a doedd Colbert ddim yn ddyn oedd yn hoffi siomi pobl.

Roedd Justin yn gwenu wrth iddo sefyll yn ymyl bwrdd yn llawn gwydrau gwin. Tarodd wydryn gyda llwy fach, a thawelodd pawb.

'Foneddigion,' meddai. 'Mae Monsieur Colbert wedi cytuno i ddod â'i winoedd bendigedig yma heddiw i ni gael eu blasu nhw. Dyna lwcus! Daniel, beth am ddechrau ...'

Trodd Daniel at Colbert, a rhoddodd Colbert un o'i boteli o iddo. 'Mae hwn yn un diweddar, syr,' meddai. 'Beth am ddechrau gyda hwn?'

---

unigryw – *unique*

tynnwr corcyn – *corkscrew*

dod o hyd i – *to find*

atgoffa – *to remind*

boneddigion – *gentlemen*

Gwenodd Daniel wrth iddo dynnu'r corcyn a rhoi ychydig mewn gwydryn i'r hen ŵr.

Justin oedd wedi gofyn i Daniel edrych ar ôl y drefn o flasu'r gwin, a doedd dim ots gan Daniel o gwbl. Gallai wneud yn siŵr fod popeth dan ei reolaeth wedyn. Roedd y ffotograffwyr i gyd yn pwyntio'u camerâu ato, a'r newyddiadurwyr yn syllu arno.

Da iawn. Dechreuodd Daniel fwynhau ei hun.

Cododd Colbert y gwydryn, arogli'r cynnwys, cymryd cegaid fach ac yna'i boeri allan i fwced bach metel oedd ar y bwrdd yn barod. Edrychodd ar Daniel a rhoi nòd fach a fasai wedi bod bron yn amhosib i unrhyw un arall ei weld. Dyna oedd yr arwydd roedd y ddau wedi cytuno arno.

Dechreuodd Daniel ddangos ei hun.

'Gyfeillion, mae Monsieur Colbert wedi bod yn ddigon caredig i adael i mi fod y cyntaf i flasu gwin diweddaraf Gwinllan Colbert.' Arllwysodd Daniel wydryn bach iddo'i hun. 'Os ga i ...'

Gwnaeth Daniel bopeth fel roedd pawb yn ei ddisgwyl: arogli, anadlu, a blasu'r ddiod goch, dywyll, cyn ei rhowlio o gwmpas yn ei geg a'i phoeri i'r bwced.

Arhosodd pawb wrth iddo edrych i fyny, fel y basai'n ei wneud bob amser cyn rhoi ei farn ar win. O'r diwedd, dechreuodd siarad.

'Dyma enghraifft arbennig o win gwych, llawn ffrwythau sydd â digon o gymeriad. Dyma i chi Picasso y byd gwin – campwaith, a dweud y gwir. Mae'n amhosib blasu gwin fel hyn a pheidio teimlo eich bod wedi cael profiad anhygoel. Monsieur Colbert – dach chi wedi llwyddo i greu gwin y duwiau.'

dan ei reolaeth – *under his control*	**arllwys** – *to pour*
cynnwys – *content(s)*	**enghraifft** – *example*
cegaid – *mouthful*	**campwaith** – *masterpiece*

'Wel!' meddai Justin. 'Ymlaen â ni, foneddigion. Eich gwydrau, os gwelwch yn dda.'

Arllwysodd ychydig o win i wydryn pawb, cyn codi ei wydryn ei hun.

'Iechyd da,' meddai, 'i Monsieur Colbert, ei winoedd bendigedig, ac i'r dyn wnaeth eu darganfod nhw i Happimart – Daniel Rowlands!'

Teimlai Daniel yn falch wrth iddo weld pawb yn blasu'r gwin. Yn falch ohono ei hun, ac yn falch fod y cyfan drosodd.

Yn sydyn, roedd pawb yn rhuthro tuag at y bwcedi, a sŵn peswch a thagu o gwmpas y lle. Poerodd pawb eu gwin. 'Finegr!' meddai Justin. 'Finegr gwin coch!'

'Oui, Monsieur,' meddai Colbert. 'Ein potel ddiweddaraf – y finegr gorau wedi ei wneud o'r gwin coch gorau. Yn ddigon da i Napoleon ei hun, dach chi ddim yn meddwl?'

---

tagu – *to choke*

Trwyn am Stori

'Dach chi'n iawn, Miss?' gofynnodd y gyrrwr tacsi. Gallai weld fod yr Americanes yn y sedd gefn yn cael trafferth i gadw ei chinio drud i lawr.

'Na'dw wir! Beth ydy'r arogl ofnadwy yna?' gofynnodd hi.

Gwenodd y gyrrwr. Roedd o wedi gorfod esbonio am yr arogl sawl tro wrth ymwelwyr cyfoethog, ar ôl gyrru tua chilomedr o'r gwesty. Doedd eu trwynau nhw ddim wedi arfer â hyn.

'Carthffosiaeth ydy o, Miss,' esboniodd. 'Mae'r pibellau'n hen ac mae'r tywydd yn boeth yn India. Ac am fod cymaint o bobl ym Mumbai – mae'r pibellau'n llawn.'

Roedd y gyrrwr yn teimlo trueni dros y fenyw. Roedd hi'n ganol oed ac roedd ganddi wyneb pert a gwallt tywyll sgleiniog, er bod ei dannedd hi ychydig yn fawr. Wrth iddo gau'r ffenestri a phwyso'r botwm i chwythu aer oer drwy'r car, meddyliodd y basai llawer o ddynion yn meddwl ei bod hi'n hardd iawn. Ond roedd o wedi hen ddysgu i beidio meddwl fel yna am ei deithwyr. Roedd o'n broffesiynol, fel meddyg.

'Peidiwch â phoeni, Miss; does dim pibellau carthffosiaeth mawr yn y

trafferth – *trouble*	**pibell(au)** – *pipe(s)*
esbonio – *to explain*	**trueni** – *pity*
carthffosiaeth – *sewerage*	**sgleiniog** – *shiny, sparkly*

pentre,' meddai o'n garedig.

'Diolch byth am hynny!' meddai'r fenyw, oedd yn dechrau difaru iddi ofyn am gael agor y ffenestri o gwbl.

'Maen nhw'n defnyddio tyllau mawr yn y ddaear – i fanno mae'r holl ...'

'Diolch i chi,' meddai'r fenyw'n gyflym. 'Does dim angen esbonio mwy. Dw i'n gallu dychmygu'r gweddill yn iawn.'

A dweud y gwir, roedd gan Desiree Malpen y dychymyg gorau yn y busnes. Roedd hi'n newyddiadurwraig gyda'r *National Diary*, cyhoeddiad oedd yn falch o'i alw'i hun 'y prif gylchgrawn i'r rhai sy'n caru'r gwir'. Fasai newyddiadurwyr o gylchgronau eraill ddim yn cytuno. Basai'r rheiny'n dweud fod y *National Diary* yn hoffi sgandal a baw a bod dim ots o gwbl ganddyn nhw faint o wir oedd yn eu straeon. Ro'n nhw'n llygad eu lle. Llawer o luniau a llawer o sgandal – dyna oedd cynnwys y *National Diary* – a Desiree oedd un o'r prif newyddiadurwyr.

Ymlaen â'r tacsi am amser hir, gan adael y ddinas ac ymuno â lôn yn llawn tyllau. O'r diwedd, stopiodd y tu allan i res fach o dai ar ochr y lôn.

'Dyma ni, Miss. Y tŷ ar y chwith,' meddai'r gyrrwr. Pwyntiodd at dŷ oedd ychydig yn fwy na'r lleill, ac oedd â mymryn o baent gwyn yn dal ar y waliau.

'Ond mae o mor fach!' meddai Desiree yn syn.

'Y tŷ gorau yn y pentre, Miss. Mae'r teulu wedi bod yno ers blynyddoedd lawer,' meddai'r gyrrwr yn falch, fel tasai'n adnabod yr awdur enwog oedd wedi byw yno, er nad oedd wedi ei chyfarfod hi erioed.

Dyma oedd cartre y ddiweddar Nyree Singh, awdur oedd wedi gweld ei nofelau'n cael eu troi'n ffilmiau, ac a oedd wedi ennill gwobr Nobel – neu

---

difaru – *to regret*

cyhoeddiad – *publication*

baw – *dirt*

yn llygad ei le/eu lle – *absolutely correct*

y d(d)iweddar – *the late (deceased)*

ai gwobr Pulitzer gafodd hi? Doedd Desiree ddim yn siŵr. Doedd hi ddim wedi darllen ei llyfrau. Ond roedd hi'n gwybod fod Nyree Singh wedi cael ei lladd ddeufis ynghynt mewn damwain car y tu allan i Mumbai. Roedd stori ei bod hi wedi bod yn gyrru i dŷ seren ffilmiau Indiaidd – dyn priod. Teimlai Desiree'n siŵr *nad* damwain oedd hi. Nid dyma'r tro cyntaf i 'ddamweiniau' gael eu trefnu. Efallai fod yna wraig ... neu berthynas blin oedd ddim am weld y sgandal? Roedd ganddi hi deimlad cryf am hyn, a phan oedd Desiree Malpen yn teimlo bod drwg yn y caws, basai'n gwneud yn siŵr fod yna stori.

Tasai 'na ddim ffeithiau i gadarnhau ei stori, basai'n defnyddio'i dychymyg.

Edrychodd drwy ffenestr y tŷ. Roedd rhywun yn symud yno. Roedd rhywun yn dal i fyw yn nhŷ Nyree Singh. Ond pwy?

Tynnodd Desiree ambell ffotograff o'r tŷ – roedd hi'n hoffi tynnu ei lluniau ei hun. Basai hynny'n gwneud ei straeon yn bersonol, ac roedd hi'n cael mwy o arian, wrth gwrs.

'Mae hynny'n ddigon. Ewch â fi 'nôl i'r gwesty. Fe alla i ddod 'nôl rhyw dro eto i gael gweld yn well. A ...'

'Ie, Miss?'

'Y tro nesa dw i'n gofyn i chi agor y ffenestri i gael awyr iach, anwybyddwch fi!'

* * *

Wrth i Desiree gael ei gyrru'n ôl i'r gwesty, roedd Gopal Singh yn edrych

---

ddeufis ynghynt – *two months previously*	**ffaith** (ffeithiau) – *fact(s)*
perthynas blin – *angry relative*	**cadarnhau** – *to confirm*
drwg yn y caws – *wrongdoing*	**anwybyddu** – *to ignore*

ar hen lun brown o'i chwaer fach, Nyree. Roedd y llun yn cael ei gadw ar y bwrdd, yn ymyl y blodau ffres y basai o'n eu newid bob dydd. Roedd hi'n edrych fel roedd o'n ei chofio hi – menyw ifanc, bert, oedd wedi llwyddo i anfon ei geiriau ar draws y byd. Dim ond pedwar deg pump oedd hi pan fu farw yn y ddamwain car, yn dal yn bert, a llawer o'i bywyd yn dal o'i blaen. Roedd hi wedi cael ei pharchu gan artistiaid a gwleidyddion ar draws y byd. Oedd, roedd o'n falch o'i chwaer.

Ond roedd hi'n arfer bod mor flin!

Gwenodd Gopal. Roedd hi'n haws gwenu nawr. O! Roedd y ddau wedi dadlau ynghylch y rhai roedd Nyree yn dewis bod yn eu cwmni. Doedd Gopal ddim yn eu hoffi nhw. Ond roedd y ddau wedi bod yna i'w gilydd erioed. Doedd yr un o'r ddau wedi priodi. Roedd hi wedi bod yn briod i'w gwaith, ac roedd o wedi edrych ar ei hôl hi, er na fasai o wedi cyfaddef hynny wrthi hi. Roedd hi fel plentyn, â dim diddordeb mewn unrhyw un oedd yn meddwl yn wahanol iddi hi. Basai'n fodlon dadlau gydag unrhyw un, ond roedd ei phrydferthwch yn denu cariadon yn ogystal â ffrindiau. Ond roedd hi'n rhy blentynnaidd i edrych ar ei hôl ei hun, a phwy arall oedd yna? Dim ond nhw oedd ar ôl yn y teulu. Fo oedd yr unig un oedd wedi nabod Nyree: dim ond fo oedd wedi deall ei ffyrdd, ei hanghenion – wedi ei deall hi'n well nag roedd hi wedi'i deall ei hun, efallai.

Ac roedd hi wedi mynd.

Teimlai fel tasai pobl yn fwy hoff ohoni hi ers ei marwolaeth. A Gopal oedd yn dal i ofalu am ei gwaith. Fo oedd yn cadw'r newyddiadurwyr draw, y rhai oedd eisiau darn bach o'i chwaer i fynd adre gyda nhw. Roedd hi wedi rhoi ei gwaith iddyn nhw, ei llyfrau gwych. Pam oedden nhw'n

---

gwleidydd(ion) – *politician(s)*

dadlau – *to argue*

prydferthwch – *beauty*

denu cariadon – *to attract lovers*

plentynnaidd – *childish*

anghenion – *needs*

gofyn am fwy, am y rhan bersonol oedd nawr yn perthyn i Gopal? Roedd hi wedi rhoi ei bywyd i gyd i'w gwaith. Doedd hynny ddim yn ddigon iddyn nhw?

Roedd Gopal wedi gofalu am Nyree erioed. Hyd yn oed pan oedd hi yng nghwmni pobl enwog grandiaf India, basai'n dod yn ôl at ei brawd yn eu cartre bach yn y pentre. Bob tro.

Bellach, roedd llawer o lygaid yn edrych, ceir yn stopio y tu allan i'r tŷ, sŵn cnocio ar y ffenestr, llythyron drwy'r drws. Pam roedden nhw'n dod? Doedden nhw ddim yn gwybod ei bod hi wedi marw?

Ond basai Gopal yn aros. Basai'n byw gweddill ei ddyddiau yn y tŷ yma, y tŷ oedd yn dal ei holl atgofion ac arogl melys y blodau pert.

Beth arall fasai o'n ei wneud?

* * *

Roedd gwesty'r Excelsior yn enwog. Dyna oedd y lle i bobl bwysig aros, neu bobl oedd yn *meddwl* eu bod nhw'n bwysig. Basai wastad yn llawn o newyddiadurwyr o dramor. Yr Excelsior fasai dewis pob newyddiadurwr wrth weithio ym Mumbai. Roedd y rheswm yn amlwg – dyma oedd y lle perffaith i hel clecs a chylwed sgandal. Beth fasai'r gwesteion pwysig yn ei ddweud ar ôl gormod o win dros swper? Ac roedd clustiau bach wastad yn barod i wrando ar eiriau meddw. Basai'r geiriau yna'n cael eu hailadrodd ar dudalennau cylchgronau fel y *National Diary*. Roedd darllenwyr yn torri eu boliau eisiau clywed manylion am fywydau pobl enwog, yn enwedig os oedd y manylion yna'n ddifyr ac yn bersonol.

atgof(**ion**) – *memory (memories)*	**ailadrodd** – *to repeat*
hel clecs – *to gossip*	**yn torri eu boliau** – *to be very excited*
gwestai (**gwesteion**) – *guest(s)*	**yn enwedig** – *especially*

A dyna pam roedd Desiree Malpen yn aros yn yr Excelsior.

* * *

Yn y gwesty'r noson honno, eisteddai Desiree yn y lolfa'n gwylio'r machlud drwy'r ffenestri. Roedd hi'n fodlon iawn gyda hi ei hun. Roedd ganddi wydraid bach o win gwyn, ond doedd hi ddim yn yfed llawer ohono. Roedd hi'n gwneud hyn o hyd – roedd y gwin yn golygu ei bod hi'n gallu gwrthod cynigion dynion i brynu gwin iddi, heb orfod teimlo effaith yr alcohol. Roedd hi'n un dda am wrando ar bobl oedd wedi yfed gormod. Basai'n cadw peiriant recordio bach yn ei bag ar gyfer recordio lleisiau pobl, os oedd y sgwrs feddw'n mynd yn ddifyr. Rocdd yn bciriant defnyddiol iawn.

Roedd Desiree wedi dod i gyfweld ag un o gyfarwyddwyr ffilm enwocaf India, Raj Patel. Roedd ar fin gwneud ffilm o *Indian Summer*, nofel olaf Nyree Singh. Roedd ffilmiau Indiaidd, oedd yn cael eu galw'n ffilmiau Bollywood, yn dechrau mynd yn boblogaidd ar draws y byd. Doedd dim diddordeb o gwbl gan Desiree mewn ffilmiau Indiaidd na'u cyfarwyddwyr, ond roedd ei phennaeth am iddi ddod i wybod mwy am Nyree Singh a'i chariad enwog. Os oedd unrhyw un yn gwybod y gwir, Patel oedd hwnnw.

Gwyliodd Patel yn cerdded tuag ati. Roedd o'n eitha hen, yn bell dros chwe deg oed. Roedd yn well gan Desiree ddynion ifancach – ac roedd o'n gwisgo siwt wen, ddrud. Gwenodd arni, a jin a thonic yn ei law. Roedd Desiree'n gwybod bod dynion hŷn yn ei hoffi hi. Roedd hynny'n ddefnyddiol, er ei fod yn gallu bod yn boen weithiau os oedden nhw'n

---

bodlon – *pleased*

cyfarwyddwr – *director*

defnyddiol – *handy, useful*

mynd dros ben llestri. Gallai weld yn barod fod llygaid Patel yn edrych ar y mwclis oedd yn isel ar ei bron. Ond roedd Desiree yn gallu edrych ar ôl ei hun. Fasai'r dyn yma'n ddim trafferth iddi. Daeth Patel ati, a gwenodd.

'Miss Malpen?'

Daliodd Desiree ei llaw allan. Roedd hi'n disgwyl i'r ddau ysgwyd dwylo, ond rhoddodd Patel gusan ar gefn ei llaw.

'Wnaeth neb ddweud wrtha i eich bod chi mor olygus, Mr Patel!'

'Dach chi'n gwybod sut i blesio hen ddyn, Miss Malpen,' gwenodd Patel. 'Fe ges i sioc i glywed fod gan eich cylchgrawn chi ddiddordeb yn fy ffilm ddiweddara. A dweud y gwir, dw i'n falch fod gweddill y byd yn dechrau mwynhau ffilmiau o India.'

'Mae'r byd i gyd yn gwybod eich bod chi wedi achub y blaen ar Hollywood i gael yr hawliau i wneud ffilm o *Indian Summer*. Yn naturiol, mae gan bawb ddiddordeb yn y ffilm, yn enwedig ers marwolaeth Nyree Singh,' meddai Desiree wrth iddi bwyso'r botwm bach ar y peiriant recordio.

'Wel, dw i wastad wedi bod eisiau gwneud ffilm o nofelau Nyree. Mae'n gwneud synnwyr bod ei gwaith hi'n cael ei ffilmio yn India, gan bobl India.'

'Dw i'n clywed fod Nyree wedi dangos diddordeb mawr mewn ffilmiau Indiaidd ... a'r actorion. Ydy hynny'n wir, Mr Patel?'

Sgwrsiodd y ddau. Roedd Raj Patel eisiau siarad am ei ffilm newydd, ond roedd Desiree eisiau siarad am Nyree Singh, ac roedd hi'n gwneud ei gorau i gael gwybodaeth am gariad y nofelydd. Dim ond gwenu wnaeth

---

mynd dros ben llestri – *to go too far*

mwclis – *necklace*

bron – *chest*

achub y blaen – *to forestall, to steal a march*

gwneud synnwyr – *to make sense*

Patel, ac yfed ei jin a thonic, cyn troi'r pwnc yn ôl at ei ffilm. Ond roedd Desiree yn benderfynol, ac yn troi'r sgwrs yn ôl at Nyree a'i chariad dro ar ôl tro. O'r diwedd, cododd Patel ar ei draed.

'Esgusodwch fi am funud, Miss Malpen. Fydda i ddim yn hir.' Roedd ganddo alwad ffôn i'w gwneud, a doedd o ddim eisiau iddi wybod hynny. Gadawodd yr ystafell.

Arhosodd Desiree amdano gan sipian ei gwin. Roedd hi'n bigog am nad oedd yr hen ddyn wedi siarad am unrhyw beth heblaw ei ffilm. Daeth Patel yn ôl wedi rhyw hanner awr, ac roedd o'n edrych braidd yn feddw. Ceisiodd Desiree guddio'r ffaith ei bod hi'n flin.

'Nawr 'te, Miss Malpen, roedd diddordeb gyda chi yn Nyree Singh.' Roedd llais Patel yn fwy uchel nag o'r blaen, ond ddim mor glir. 'Dw i'n gweld dim bai arnoch chi. Gyda llaw, mae'r mwclis yna'n bert iawn.'

'Be am Nyree Singh?' holodd Desiree.

'Aaa ie, Nyree ... Menyw anhygoel – menyw fasai wedi gallu datgelu llawer iawn o gyfrinachau'r bobl enwog. Ro'n i'n ei hadnabod hi'n dda.'

Agorodd llygaid Desiree yn fawr. Roedd pawb yn gwybod gymaint roedd Nyree Singh wedi casáu bod yn enwog. 'Wir? Wnaeth hi sôn wrthoch chi am ei ... chyfrinachau?'

'Dim gair.'

Roedd Desiree bron â cholli ei thymer nawr, ond penderfynodd mai aros yn dawel oedd y peth gorau. Roedd hi'n iawn.

'Ond,' meddai Patel, gan bwyso ymlaen dros y bwrdd, 'dw i'n ei chofio hi'n dweud ei bod hi'n arfer cadw dyddiadur. "Tasai'r byd yn gwybod am y cyfrinachau sydd yn fy nyddiadur i," meddai hi, "basai pawb yn dychryn".'

---

penderfynol – *determined*	**datgelu** – *to reveal*
dro ar ôl tro – *time after time*	**casáu** – *to hate*
pigog – *prickly*	**pwyso ymlaen** – *to lean over*

'Dychryn?' meddai Desiree.

Edrychodd Patel arni'n ddifrifol. 'Tasai'r dyddiadur yna'n cael ei ddangos i'r byd, wir i chi, basai 'na sgandal. Sgandal! Basai ambell un mewn trafferth. Diolch byth fod ei brawd yn ei gadw'n saff, neu mi fasai llawer iawn o bobl enwog yn ...'

'Mae ganddi frawd?'

'Oes. Brawd sy'n henach na hi; Gopal – ei hunig berthynas. Roedd o fel tad iddi. Ie, ganddo fo mae ei phethau i gyd, gan gynnwys y dyddiadur, felly mae o'n berffaith saff. Dim ond hen ddyn unig ydy o, yn byw ar ei atgofion o'i chwaer. Mae o'n siŵr o gael gwared ar y dyddiadur ryw ddiwrnod.'

'Cael gwared arno?' meddyliodd Desiree. 'Fedra i ddim gadael i hynny ddigwydd ...'

* * *

Wrth i Desiree sgwrsio â Patel, roedd yr Athro Cyril Whitelaw yn mwynhau gwydraid oer o de iâ a lemwn yn ei ystafell fach yn yr Excelsior. Roedd yn dathlu ei ddiwrnod cyntaf yn India drwy ddarllen *Indian Summer*, nofel olaf Nyree Singh, am y chweched tro. Basai'n rhaid iddo ddysgu llawer iawn am y fenyw anhygoel yma os oedd o am ysgrifennu llyfr am ei bywyd. Ei gyhoeddwyr oedd yn talu am y cyfan, ac ro'n nhw'n disgwyl cael gwerth eu harian yn y llyfr.

Roedd Cyril yn gobeithio gweld y tŷ lle roedd hi wedi treulio llawer o'i bywyd cyn bo hir. Doedd o ddim yn gwybod beth y basai'n ei weld yno. Efallai

---

perffaith – *perfect*

Athro – *Professor*

cyhoeddwyr – *publishers*

– a dyma oedd gobaith mawr Cyril – y basai ychydig o'i gwaith yno, heb ei gyhoeddi! Roedd meddwl am hynny'n gwneud i Cyril grynu mewn gobaith.

Rhoddodd Cyril *Indian Summer* i lawr, a chodi o'i gadair. Yna, chwaraeodd un o'i hoff gemau – edrych yn y drych a dychmygu'r dyfodol, a'i wyneb ar gefn ei lyfr hollbwysig: *Nyree Singh – Seren Llawn Serch*, y llyfr fasai'n siŵr o'i wneud o'n enwog ar draws y byd. Roedd yr wyneb tenau a edrychai'n ôl arno yn ganol oed, gyda gwallt coch a sbectol. Roedd y tywydd wedi gwneud ei groen yn binc, ac roedd o wedi dechrau llosgi'n barod. Roedd angen eillio arno.

Penderfynodd ymolchi a newid ei ddillad cyn swper. Roedd o am gael diod fach yn lolfa'r gwesty. 'Efallai,' meddyliodd, 'y bydda i'n cwrdd â rhywun oedd yn ei hadnabod hi!'

Ugain munud yn ddiweddarach, cerddodd i mewn i lolfa'r Excelsior, a doedd dim un person yno yn gwybod pwy oedd yr Athro Cyril Whitelaw.

Dim eto.

* * *

'Fy annwyl Miss Malpen,' dechreuodd Patel.

'Galwch fi'n Desiree.'

'Wrth gwrs ... Desiree. Ga i gyflwyno fy seren fwyaf disglair, yr actor Ravi Narayan. Bydd o'n serennu yn fy ffilm newydd, *Indian Summer*. Dw i wastad wedi bod eisiau gwneud ffilm o fy hoff lyfr gan fy ffrind annwyl, Nyree Singh – felly dyna'n union dw i'n ei wneud.'

'Wel, Raj!' meddai Desiree, gan roi slap fach chwareus ar fraich Patel.

---

crynu – *to shiver*

serennu – to star

slap fach chwareus – *a playful little slap*

'Ddywedaist ti ddim bod 'na ddyn golygus arall yn y gwesty! Mae o bron mor olygus â ti!'

Chwerthin wnaeth Patel, ac ymunodd pawb arall. Dyma oedd y gêm yr oedd Desiree yn hoffi ei chwarae gyda dynion hŷn. Ond doedd y dyn arall ddim yn bedwar deg oed eto, ac oedd, roedd o'n olygus iawn. Lle roedd hi wedi ei weld o'r blaen?

Gwenodd Ravi Narayan gan ddangos rhes o ddannedd gwyn perffaith, a dweud mor falch oedd o i gwrdd â hi. Roedd ei lais yn gyfarwydd hefyd. Dyna pryd y cofiodd Desiree ble roedd hi wedi ei weld. Ei wyneb oedd yr unig beth oedd wedi cadw ei sylw wrth wylio ffilmiau diflas Patel. Roedd ei golygydd wedi mynnu ei bod hi'n eu gwylio nhw cyn gwneud y cyfweliad yma. Teimlai'n falch nawr ei bod hi wedi gwisgo ei phersawr gorau. Efallai fod gan hwn ryw berthynas â Nyree Singh – efallai mai hwn oedd ei chariad enwog!

'Ro'n i'n meddwl fod gan Hollywood ddiddordeb mewn gwneud ffilm o'r llyfr, Raj. Pam mai chi sy'n gwneud y ffilm ac nid nhw?' Roedd hwn yn gwestiwn teg ac roedd Desiree am wybod yr ateb.

'Mae'r diolch i gyd i frawd Nyree. Fo sy'n gofalu am ei llyfrau bellach. Ac mae'n hoffi fy ffilmiau. Mae o am i'r ffilm gael ei gwneud yn India gan bobl India. Gan y person yma o India!' Pwyntiodd Patel ato ei hun a chwerthin. Dechreuodd pawb arall chwerthin hefyd.

Roedd rhywun â gwallt coch a sbectol yn eistedd wrth y bar yn gwrando ar bob gair, ac yn ysgrifennu mewn llyfr nodiadau. Yr Athro Whitelaw.

'Ie wir. Dan ni'n adnabod ein gilydd ers blynyddoedd,' meddai Patel. 'Mae o wedi treulio'i fywyd yn edrych ar ôl ei chwaer. Mae'n dal i fyw yn

---

golygus – *handsome*	**cyfweliad** – *interview*
cyfarwydd – *familiar*	**persawr** – *perfume*
golygydd – *editor*	

ei hen dŷ yn y pentre. Roedd gan Nyree ddigon o arian i brynu palas, ond yno roedd hi am fod. Roedd hi'n dweud fod hynny'n cadw ei thraed ar y ddaear. Ond Gopal oedd yn gwneud hynny. Mae'n mynd yn hen nawr, a dydy o ddim yn iach iawn, ond fydd o byth yn gadael.'

'Felly fo sy'n penderfynu be sy'n digwydd i lyfrau Nyree?' gofynnodd Desiree.

'Ie. Mae'n siŵr fod 'na lawer o lyfrau heb eu cyhoeddi yno, gan gynnwys yr hen ddyddiadur yna. Byddwn i wrth fy modd yn cael cip, ond mae Gopal yn ofalus iawn – dydy o ddim yn ffŵl,' meddai Patel, gan edrych ar Desiree.

Dw innau ddim yn ffŵl chwaith, meddyliodd Desiree, oedd yn dechrau cynllunio i fynd i weld Gopal y diwrnod wedyn. Roedd hi'n benderfynol o gael ei dwylo ar y dyddiadur yna.

'Ond pam rydw i'n siarad am hen ddyn, pan mae Ravi yma gyda ni!' meddai Patel. 'Wnes i sôn ei fod o yn fy ffilm newydd?'

Siaradodd Ravi amdano'i hun am yr awr neu ddwy nesaf, ymhell ar ôl i Whitelaw adael. Daeth hi'n glir yn eithaf sydyn nad oedd Ravi wedi cwrdd â Nyree Singh erioed. Wnaeth o ddim sylwi ar fwclis na phersawr Desiree, chwaith.

* * *

Y bore wedyn, syllodd Gopal Singh ar yr haul yn codi drwy ffenestr ei lofft. Roedd o'n falch ei fod wedi gadael i'w hen ffrind, Raj, ffilmio *Indian Summer*. Dywedodd Nyree mai pobl o dramor ddylai fod yn ffilmio ei llyfrau, gan eu

---

cael cip – *to have a look*

ymhell ar ôl – *long after*

bod nhw'n gweld India ychydig yn wahanol. Roedd Gopal wedi dadlau gyda hi am hynny. Er bod y ddau wedi cweryla am y peth, doedd dim allai o ei wneud. Nid ei lyfrau o oedden nhw, a dyna'i diwedd hi. Ond nawr, fo oedd yn gyfrifol amdanyn nhw, a gallai wneud y peth iawn. O'r diwedd.

Y noson gynt, roedd Raj wedi dweud wrtho dros y ffôn fod newyddiadurwraig ofnadwy o'r cylchgrawn gwirion, y *National Diary*, eisiau ei weld o. Roedd Gopal yn gwybod bod Raj yn hoff iawn o ferched pert – er ei fod wedi priodi – ond roedd o'n dal i allu adnabod trwbl pan oedd o'n ei weld o. A thrwbl oedd Desiree Malpen, roedd hynny'n bendant. Doedd ganddi hi ddim diddordeb mewn ffilmiau Indiaidd. Felly, ar ôl trefnu gyda Gopal, roedd Raj wedi creu stori gelwyddog am ddyddiadur yn llawn hanesion a sgandal. Actor oedd Raj pan oedd o'n ifanc, felly roedd o wedi gallu esgus bod yn feddw wrth ddweud hanes y dyddiadur wrthi. Ac roedd hi wedi credu pob gair!

Wrth gwrs, roedd Raj a Gopal yn gwybod yn iawn nad oedd Nyree wedi cadw dyddiadur. Roedd Raj yn cofio Gopal yn sôn am focs cyfrinachau Nyree, a dyna ble cafodd o'r syniad. Roedd y ddau wedi sylweddoli y basai ffilmio *Indian Summer* yn denu sylw o'r tu allan i India. Esiampl dda oedd Desiree Malpen. Dywedodd Raj wrth Gopal y basai'n gallu cael gwared ar y newyddiadurwraig neu chwarae jôc. Os oedd ganddi fwy o ddiddordeb mewn sgandal na ffilm, doedd hi ddim yn haeddu gwell. Chwerthin wnaeth Gopal, a dweud wrth Raj am fynd amdani.

Chwarae teg i Raj!

* * *

---

cweryla – *to quarrel*

cyfrifol – *responsible*

y noson gynt – *the previous night*

celwyddog – *untruthful*

mynd amdani – *to go for it, to go ahead*

Roedd Desiree wedi codi'n gynnar hefyd. Roedd Ravi Narayan wedi siarad a siarad a siarad, ac roedd Patel wedi gadael iddo wneud. Roedd y tâp yn ei pheiriant recordio wedi dod i ben, a doedd hi ddim wedi trafferthu cael un arall. Gobaith Desiree oedd cael mwy o wybodaeth am Nyree Singh a'i dyddiadur. O, roedd sôn am lawer o bobl enwog, o bedwar ban byd – pan oedd Ravi wedi cau ei geg a gadael i Patel siarad am ychydig. Doedd hynny ddim wedi digwydd yn ddigon aml, ond roedd digon wedi ei ddweud i ddal sylw Desiree. Roedd hi'n bendant fod hon yn stori fawr. A beth am farwolaeth Nyree mewn 'damwain'? Ai damwain oedd hi o gwbl? Roedd sgandal yma, roedd Desiree'n siŵr!

Ffoniodd Desiree frawd Nyree a dweud wrtho ei bod hi eisiau ei weld cyn gynted â phosib. Roedd hi'n bendant y basai hen ddyn fel Gopal, neu beth bynnag oedd ei enw, yn fodlon ei helpu – menyw bert fel hi.

Basai'n siŵr o gael ei dwylo ar y dyddiadur, hyd yn oed tasai'n rhaid iddi ei ddwyn o.

Penderfynodd Desiree wisgo siwt drowsus felen oedd yn hawdd symud ynddi – roedd hi am gael sbec go iawn o gwmpas y lle ar ôl cyrraedd. A llawer o bersawr drud, wrth gwrs. Roedd hi'n bwysig arogli'n dda.

Bum munud wedyn, roedd hi ar ei ffordd mewn tacsi, a'r ffenestri i gyd ar gau.

* * *

---

dod i ben – *to finish*

trafferthu – *to bother*

o bedwar ban byd – *from all four corners of the world*

sbec – *peek*

Yn hwyrach y bore hwnnw, aeth Gopal Singh i'r ardd i nôl blodau ffres. Roedd angen arogl melys yn y tŷ. Doedd o ddim wedi ei gysylltu â'r system garthffosiaeth; hen dŷ oedd o, gyda hen bibellau. Roedd y gwastraff i gyd yn mynd i mewn i dwll mawr ar waelod yr ardd ac yn cael ei gasglu bob mis. Ar ddiwedd y mis – fel nawr – roedd yn drewi'n ofnadwy. Ond roedd Gopal wedi arfer â hynny.

Wrth iddo gerdded i lawr i'r ardd, gwelodd ddyn yn cerdded tuag ato, dyn gwyn canol oed gyda gwallt coch a sbectol.

'Mr Singh?' meddai'r dyn. 'Fedra i gael gair bach â chi am eich chwaer?'

Roedd Gopal yn gwrtais gydag ymwelwyr bob amser – os oedd o'n hoffi eu golwg nhw. Edrychai'r dyn yma'n ddigon caredig. Penderfynodd Gopal siarad ag o.

Cyflwynodd yr Athro Whitelaw ei hun, a chyn bo hir roedd y ddau'n eistedd yn y tŷ wrth y blodau ffres, yn yfed te. Dywedodd Whitelaw ei fod yn bwriadu ysgrifennu llyfr am Nyree.

'Am ei gwaith fydd y rhan fwyaf,' meddai'n nerfus.

'Nid am ei bywyd personol, gobeithio? Roedd Nyree yn berson preifat iawn a dw i isio i hynny gael ei barchu,' dywedodd Gopal yn bendant.

'Faswn i ddim yn dweud unrhyw beth heb i chi gytuno, syr,' meddai'r athro. 'Bydd y llyfr yn un fydd myfyrwyr llenyddiaeth yn ei astudio, wir i chi.'

Teimlai Gopal yn fwy hapus ar ôl clywed hynny. Roedd myfyrwyr ac athrawon llenyddiaeth wrth eu bodd â Nyree. A basai rhywun yn siŵr o ysgrifennu llyfr amdani, yn hwyr neu'n hwyrach. Pan glywodd fod Whitelaw am ysgrifennu llyfr oedd yn dathlu ei gwaith yn hytrach na

---

cysylltu â – *to connect to*

gwastraff – *waste*

drewi – *to stink*

llenyddiaeth – *literature*

yn hwyr neu'n hwyrach – *sooner or later*

sôn am ei bywyd personol, roedd Gopal yn gwybod mai dyma fasai'r llyfr cyntaf o lawer iawn am ei chwaer.

Roedd Gopal yn gwybod ei fod o'n mynd yn hen, ac na fasai'n gallu rheoli popeth oedd yn cael ei ysgrifennu am Nyree. Tasai o'n cael ychydig o reolaeth dros y llyfr yma, basai'n gallu gwneud yn siŵr mai dim ond y gwir oedd yn cael ei ddweud, a dim y math o sbwriel roedd rhai yn ei ysgrifennu. Ac roedd Whitelaw yn edrych fel dyn gonest.

'Beth dach chi eisiau ei wybod am fy chwaer, Mr Whitelaw?' holodd Gopal.

'Mae gen i ddiddordeb mawr mewn unrhyw beth sydd heb ei gyhoeddi – nodiadau, nofelau ar eu hanner, llythyron ... dyddiaduron, efallai?'

Dyddiaduron! Un o jôcs Raj oedd hyn, efallai? Ond wnaeth Raj ddim sôn am y dyn yma.

Roedd cnoc ar y drws. Aeth Gopal i'w agor.

Yno roedd menyw bert yn sefyll mewn siwt drowsus felen yn cario bag llaw. Roedd hi'n gwenu'n gynnes, ac roedd ei phersawr yn gryf. Mae'n rhaid mai hon oedd y fenyw o'r *National Diary*. Gwenodd Gopal arni a gofyn iddi ddod i mewn.

Roedd Desiree'n meddwl ei fod o'n gwenu am reswm arall. 'Mae'n fy hoffi i!' meddyliodd. 'Ro'n i'n gwybod y basai o!'

Cyflwynodd Gopal yr Athro Whitelaw, a suddodd calon Desiree. Os oedd o'n ysgrifennu llyfr hefyd – basai ganddo'r un diddordeb â hi mewn sgandal. Efallai y basai'n gallu tynnu ei feddwl oddi ar y dyddiaduron. Siaradodd ag e yn ei llais mwyaf meddal, ond wnaeth Whitelaw ddim ymateb. Wnaeth o ddim edrych arni, hyd yn oed, dim ond ymestyn am

---

suddo – *to sink*

ymestyn – *to reach*

fwy o de. Doedd ganddo ddim diddordeb ynddi. O leiaf roedd yr hen ddyn yn sylwi arni.

Esboniodd, yn ei llais mwyaf annwyl erioed, pam roedd hi wedi dod i weld Gopal. Roedd hi eisiau disgrifio'r Nyree Singh go iawn yn ei chylchgrawn, a gwneud i'r byd weld mor arbennig oedd y fenyw a fu farw yn y ddamwain car. Oedd ganddo unrhyw beth y gallai hi ei ddangos i'w darllenwyr? Llythyron? Dyddiaduron, efallai?

Gwenodd Gopal.

'Dewch! Fe awn ni am dro i'r ardd. Wedyn fe gawn ni siarad.'

Cododd Gopal hen focs metel o'r bwrdd, un â chaead a chlo, a'i gario dan ei fraich. Aeth â'r ymwelwyr allan, heibio'r blodau a'r llun o Nyree, ac ar hyd llwybr yr ardd. Roedd yr ardd yn drewi.

I ddechrau, doedd yr arogl ddim yn ddrwg. Ond wrth iddyn nhw gerdded mwy, roedd y drewdod yn mynd yn waeth.

'Roedd fy chwaer yn fenyw breifat,' meddai Gopal. 'Roedd hi'n adnabod llawer o bobl bwysig, pobl enwog. Ond wnaeth hi ddim dweud dim am eu sgyrsiau preifat nhw wrtha i na neb arall. Roedd hi'n parchu ei ffrindiau – a'i gelynion hefyd – a fasai hi ddim wedi ailadrodd eu sgyrsiau nhw.'

Wrth iddyn nhw gerdded, roedd y drewdod bron yn ormod i'r ymwelwyr. Roedd wyneb Desiree'n llwyd, a'r Athro Whitelaw, hefyd, yn edrych yn anghysurus iawn. Ond wnaeth Gopal ddim stopio.

'Yn y bocs yma mae'r unig gyfrinachau roedd Nyree'n eu cadw oddi wrtha i. Wnes i addo na fyddwn i'n ei agor, a wna i byth, er bod gen i'r allwedd.' Stopiodd a syllu ar ei ymwelwyr, oedd yn gwneud eu gorau i beidio bod yn sâl.

---

caead a chlo – *lid and lock*

gelyn(ion) – *enemy (enemies)*

anghysurus – *uncomfortable*

'Mae'r twll gwastraff yma o'n blaenau ni'n mynd i gael ei wagio fory. Mae'n cynnwys holl wastraff y mis diwethaf ...'

Gallai'r ddau ymwelydd weld y twll drewllyd. Roedd yr arogl oedd yn codi allan ohono yn ofnadwy.

Yna gwnaeth Gopal rywbeth rhyfedd. Taflodd y bocs i mewn i'r twll. Gwibiodd drwy'r awyr a glanio yn y carthion. Syllodd Desiree a Whitelaw yn syn wrth i'r bocs suddo'n araf, gan adael dim ond ambell swigen yn y cawl brown.

'Os dach chi am ddod i wybod y cyfrinachau yn y bocs yna, ewch i'w nôl o. Bydda i yn yr Excelsior prynhawn 'ma. A dweud y gwir, bydd fy ffrind, Mr Raj Patel, yma unrhyw funud i fynd â fi yno. Bydd y person sy'n dod â'r bocs yn cael yr allwedd gen i am bedwar o'r gloch y prynhawn yn lolfa'r Excelsior – mewn pryd i gael te bach. Hwyl fawr am nawr, ffrindiau. Roedd hi'n bleser cwrdd â chi. Efallai y bydda i'n eich gweld chi eto ...'

Ac i ffwrdd â Gopal i lawr y llwybr, gan adael yr ymwelwyr yn yr ardd. Edrychodd y ddau ar y twll, ac yna ar ei gilydd. Roedd y ddau eisiau'r bocs a'r hyn oedd y tu mewn iddo, a dyna lle roedd o, dan lwyth o garthion trwchus, drewllyd.

* * *

Eisteddodd Raj Patel a Gopal yn lolfa'r Excelsior yn yfed te am chwarter i bedwar y prynhawn hwnnw. Roedd cerddoriaeth biano'n chwarae yn y cefndir. Wrth i'r ddau chwerthin gyda'i gilydd, daeth trydydd dyn atyn nhw.

gwagio – *to empty*	**te bach** – *afternoon tea*
carthion – *sewage*	**trwchus** – *thick*
swigen – *bubble*	**cefndir** – *background*

Yr Athro Whitelaw.

'Mae'n ddrwg gen i, Mr Singh, ond allwn i ddim ei wneud o. Dim am y byd. Mae arna i ofn fod gen i stumog wan. Ac mae'n siŵr nad oedd unrhyw beth yn y bocs yna fasai'n gwneud gwahaniaeth i fy llyfr i am waith Miss Singh ...' meddai'n ddiflas.

Gwenodd Gopal. 'Peidiwch â phoeni, Mr Whitelaw. Gobeithio nad oedd gormod o ots gennych chi 'mod i wedi eich profi chi fel hyn. Dw i'n gweld eich bod chi'n ddyn â safonau uchel. Eisteddwch i gael te gyda ni. Dyma fy ffrind da, Mr Raj Patel; mae o'n gwneud ffilmiau gwych iawn yma yn India.'

Am y deng munud nesaf, sgwrsiodd y tri am syniadau Whitelaw ar gyfer y llyfr, a chynlluniau Raj ar gyfer y ffilm *Indian Summer* gyda Ravi Narayan.

Roedd hi bron iawn yn bedwar o'r gloch pan gerddodd Desiree Malpen i mewn gyda bocs bach yn ei dwylo. Gwisgai ffrog las lac, ac roedd arogl persawr yn gryf arni. Ond roedd arogl arall arni hefyd, arogl chwerw ofnadwy oedd yn gryfach na'r persawr. Roedd ei gwallt yn wlyb, fel tasai hi newydd ddod allan o'r gawod. Gwenodd, ond roedd hi'n wên flin. Rhoddodd y bocs yng nghanol y bwrdd, a bu bron iddi daro'r pot blodau i'r llawr.

'Wel, Mr Singh. Dyma fo. Fe es i i'w nôl o. Roedd y gyrwyr tacsi'n gwrthod, felly mi es i i mewn fy hun – mae fy nillad i wedi cael eu taflu, ac roedd rhaid i mi dalu i gael y tacsi wedi ei lanhau. Dw i ddim yn gwybod beth roedd pobl y gwesty'n ei feddwl pan gerddais i mewn! Ond dyma fo. Dach chi'n mynd i'w agor o?'

'Wrth gwrs, wrth gwrs. Ar unwaith,' meddai Gopal. Ymestynnodd i'w

---

stumog wan – *weak stomach*   **llac** – *loose*

profi – *to test*

safon(au) – *standard(s)*

42

boced, a doedd o ddim fel tasai'n poeni nad oedd y bocs yn lân. Trodd yr allwedd yn y clo, a dal y bocs allan iddi.

'Ti sy'n berchen arno fo.'

Cymerodd Desiree'r bocs. Gan edrych yn fodlon iawn gyda hi ei hun, agorodd y caead. Cododd ambell hen ddarn o bapur newydd, oedd wedi caledu a melynu gydag oed. Syllodd ar y papur, ac yna ar Gopal.

'Beth yn y byd ydy'r rhain?'

Syllodd Gopal Singh ar yr hen bapurau.

'Canlyniadau'r criced! Ro'n ni'n dau wrth ein bodd â chriced, ond dw i ddim yn licio darllen canlyniadau heb fod wedi gweld y gêm – ac roedd Nyree wrth ei bodd yn eu casglu nhw. Roedd hi'n fenyw annwyl iawn, dach chi ddim yn meddwl?'

---

canlyniadau – *results*

Rhyfel Arlo

Byd tawel oedd byd y neidr. Ei byd oedd bocs gydag un ochr wydr. Syllodd ar ei phryd nesaf o fwyd. Syllodd ei bwyd, llygoden fawr, yn ôl arni.

Eisteddai'r llygoden fawr, wedi ei rhewi gan ofn, yng nghornel y bocs. Clywodd sŵn ysgwyd tawel, a gwichiodd mewn ofn. Roedd y neidr yn llwgu, a symudodd yn gyflym. Roedd hi'n neidr fawr, bron yn ddau fetr o hyd, gyda digon o wenwyn i ladd sawl dyn gydag un brathiad. Roedd y llygoden fawr yn farw ar unwaith, ac agorodd ei cheg yn llydan er mwyn dechrau'r busnes o lyncu ei chinio.

Gwyliodd Arlo Penton wrth i Susie'r neidr fwyta ei phrae. Roedd gwylio hynny'n gwneud iddo deimlo ychydig yn anghysurus – basai'n teimlo fel yna bob tro – ond dyna oedd trefn natur. Ac roedd o'n hoffi nadroedd. Roedd yn edmygu eu llyfnder a'u croen hardd. Ond yn fwy na dim, roedd yn edmygu'r ffaith eu bod nhw ddim yn siarad.

Dysgodd Arlo flynyddoedd yn ôl nad oedd nadroedd yn gallu clywed dim. Byddan nhw'n dibynnu ar eu trwynau, ac mae eu tafodau'n gallu blasu arogleuon yn yr aer. Ac mae eu llygaid yn gallu gweld gwres cyrff

neidr (nadroedd) – *snake(s)*	**brathiad** – *bite*
gwichian – *to squeak*	**prae** – *prey*
gwenwyn – *poison*	**mud** – *unable to speak, mute*

anifeiliaid eraill. Gwyliodd Arlo gydag edmygedd wrth i'r llygoden fawr ddiflannu.

Mae nadredd yn byw mewn byd tawel. I Arlo, roedd nadroedd yn brydferth ac yn berffaith. Roedd o wrth ei fodd yn eu gwylio nhw. Basai wrth ei fodd yn cael byw mewn byd mor dawel â'u byd nhw! Dyna pam roedd o wedi dal Susie, neu, wedi cael Chico – garddwr lleol – i'w dal hi. Cafodd ei dal ar y tir creigiog, sych yn ymyl Tucson, Arizona, lle roedd Arlo'n byw. Basai Chico'n codi nadroedd peryglus heb ofn yn y byd. Weithiau, basai'n bwyta nadroedd. 'Maen nhw'n flasus, a dydyn nhw ddim yn costio ceiniog,' meddai. Roedd hynny'n gwneud i Arlo deimlo'n flin, nid am nad oedd o'n hoffi'r syniad o neidr yn cael ei bwyta, ond am ei fod o'n teimlo nad oedd o'n dangos digon o barch at nadroedd. Ond roedd o'n falch fod Chico wedi dod o hyd i Susie. Roedd hi'n fendigedig.

Roedd Arlo'n mwynhau byw y tu allan i'r dre. Roedd yn gyrru i'w waith, ac roedd hynny'n cymryd awr bob ffordd. Roedd y gwaith yn swnllyd ac yn boeth, felly roedd Arlo wastad yn hapus i gyrraedd adre. Teimlai fod tawelwch yn bwysig. Cyn-filwr oedd o, wedi brwydro mewn rhyfel. Cafodd ei feddwl ei lenwi gan sŵn ffrwydradau uchel ac ofnadwy, ac roedd o wedi gorfod mynd i'r ysbyty i wella. Yno roedd o wedi cwrdd â Maria, ei wraig – un o'r nyrsys a ofalodd amdano.

Roedd o'n dal i gasáu sŵn. 'Mae pawb yn siarad am lygredd,' meddai wrth unrhyw un oedd yn fodlon gwrando. 'Y ffordd dan ni'n llygru'n awyrgylch. Ond yr un peth sydd wir yn ein llygru ni ydy sŵn. Bob man, i ble bynnag dach chi'n mynd, mae 'na sŵn, sŵn, sŵn. Lle mae hi'n bosib

---

creigiog – *rocky*

cyn-filwr – *former soldier*

rhyfel – *war*

ffrwydrad(au) – *explosion(s)*

llygredd – *pollution*

awyrgylch – *environment*

clywed adar yn canu'r dyddiau hyn? Nid yn y ddinas. Yr unig sŵn sydd yno ydy traffig, radios uchel a pheiriannau. Ac mae o'n digwydd ddau ddeg pedwar awr y dydd! Mae'r peth yn ddigon i'ch gyrru chi'n wallgof.'

Basai gormod o sŵn yn mynd ag Arlo yn ôl i'r rhyfel gyda'i ffrwydradau uchel, oedd wedi lladd rhai o'i ffrindiau. Maria oedd wedi ei achub rhag mynd yn wallgof. Maria a'r gwaith a'r tabledi.

O ran ei olwg, roedd Arlo'n debyg i ddynion eraill pum deg naw oed – taldra arferol, a gwallt oedd wedi mynd o fod yn dywyll i fod yn llwyd. Doedd o ddim yn dew nac yn denau ac roedd o'n gwisgo fel pawb arall – trowsus du, crys glas a'i hoff het cowboi. Roedd ei wyneb tenau wedi mynd i edrych yn welw ers marwolaeth Maria o gancr y llynedd. Roedd hi wedi ei helpu drwy'r amser drwg, ac wedi gwneud yn siŵr ei fod yn cymryd y tabledi oedd yn gwneud iddo deimlo'n well.

Ond roedd Maria wedi mynd nawr.

Doedd gan y ddau ddim plant. Roedd Arlo'n treulio'r rhan fwyaf o'i amser yn gweithio. Pan oedd o adre, basai'n meddwl am ei waith, yn nodi syniadau newydd yn ei gyfrifiadur. Gwaith oedd ei fywyd.

Roedd Arlo'n gweithio i gwmni o'r enw Teckno-Toys – cwmni oedd yn gwneud teganau electronig i blant. Fo oedd prif gynllunydd y teganau teithio, fel ceir ac awyrennau. Yn aml iawn, basai rhieni'n prynu'r teganau i blant ac yn dechrau chwarae gyda nhw eu hunain! Basai'r frawddeg, 'O Dad! Ga i dro nawr?' yn cael ei chlywed yn aml yn y tai lle roedd rhywun wedi prynu teganau Arlo.

Roedd y teganau yn fendigedig. Y ceir yn wydn ond yn gyflym, yr awyrennau fel adar fasai'n hedfan i fyny ac i lawr neu mewn cylchoedd,

---

taldra – *height*

gwelw – *pale*

prif gynllunydd – *head designer*

gwydn – *solid, tough*

46

yn cael eu rheoli gan y teclyn bach yn y dwylo. Ro'n nhw'n gallu teithio'n bell hefyd.

Ei hoff beth am ei waith oedd y trydan. Basai'n gadael y gwaith o gynllunio'r ceir a'r awyrennau i bobl eraill, ond fo oedd yn cynllunio'r teclyn rheoli. Erbyn i'r tegan fod yn barod, doedd dim byd cystal ar y farchnad. Roedd garej Arlo'n llawn modelau bach o awyrennau, cychod a cheir roedd o wedi eu creu. Fel yna y basai'n arbrofi, a dyna pam roedd o wedi cael eu cadw nhw.

Doedd Arlo ddim yn gweithio i mewn yn ffatri Teckno-Toys. Roedd angen tawelwch arno, a dim o'r synau uchel oedd yn ei atgoffa o'r rhyfel. Gwnâi ei waith mewn hen dŷ mawr yng nghanol y ddinas o'r enw The Havens, tŷ oedd yn perthyn i gwmni Teckno-Toys. Ond roedd gerddi mawr yn gwahanu'r tŷ oddi wrth sŵn y ddinas. Roedd Arlo'n gweithio yno gydag ambell un arall. Ro'n nhw'n anfon eu cynlluniau i'r ffatri, oedd wedyn yn adeiladu'r teganau ac yn eu hanfon at Arlo a'r lleill i wneud yn siŵr eu bod nhw'n iawn. Roedd y drefn yma'n gweithio'n dda i Arlo: roedd yn cael gweithio mewn lle tawel, ac roedd Teckno-Toys yn cael teganau newydd safonol oedd yn siŵr o werthu'n dda. Roedd hi wedi bod yn werth cael Arlo i weithio yn The Havens. Hyd yn hyn.

Gwnaeth Arlo ddigon o arian i brynu tŷ mawr y tu allan i'r ddinas ac yn bell o'r traffig swnllyd. Adeiladodd dŵr mawr yn yr ardd er mwyn cael arbrofi gyda'r awyrennau tegan – roedd o wrth ei fodd yn gwneud hynny. Ond roedd o'n gweld eisiau cwmni Maria, ac roedd o'n cael trafferth cysgu, yn arbennig pan oedd o'n anghofio cymryd ei dabledi. Ond o leiaf

---

teclyn – *instrument, gadget*	**gwahanu** – *to separate*
trydan – *electricity*	**hyd yn hyn** – *so far*
arbrofi – *to experiment*	**gweld eisiau** – *to miss*

roedd ganddo fo waith i dynnu ei feddwl oddi ar bopeth arall. Gwaith oedd yr unig beth oedd ganddo fo ar ôl.

* * *

Cydiodd Bernie Dimaggio, dirprwy bennaeth Teckno-Toys, mewn tywel wrth wylio'i fòs ar feic ymarfer corff. Basai hi'n aml yn siarad ag o wrth wneud ei hymarferion yn y gampfa fach drws nesaf i'w swyddfa. Dringodd oddi ar y beic, a chymryd y tywel oddi wrth Bernie.

'Fydd o ddim yn hapus, Miss De Cruz. Dach chi'n gwybod sut mae o'n teimlo am y lle 'ma!'

Gwridodd Bernie dan ei liw haul.

'Peidiwch anghofio gyda phwy dach chi'n siarad, Mr Dimaggio: fi ydy pennaeth Teckno-Toys. Roedd fy nhad yn rhy hen ffasiwn. Fo oedd yn gyfrifol am lwyddiant y cwmni, ond mae'n rhaid i ni symud ymlaen, bod yn fodern.'

'Ond Miss De Cruz ...' dechreuodd Bernie.

'Dyna ddigon, Mr Dimaggio. Efallai mai chi ydy'r dirprwy bennaeth, ac mae eich cefnogaeth i un o'n staff mwyaf ... ym ... aeddfed yn hollol naturiol. Ond busnes ydy hwn. Mae'n rhaid i ni symud ymlaen a chofio mai yma i wneud arian ydan ni. Bydd rhaid gwerthu The Havens – does dim pwynt cadw'r lle am fod un o'r staff yn hoffi ychydig o dawelwch wrth weithio. Bydd yr arian yn mynd at wneud y ffatri'n fwy. Dyna'r peth gorau i'w wneud, Mr Dimaggio, a dach chi'n gwybod hynny'n iawn.'

'Ond mae Arlo wedi bod yn gweithio yn The Havens ers ugain mlynedd!

dirprwy – *deputy*	**llwyddiant** – *success*
tywel – *towel*	**cefnogaeth** – *support*
gwrido – *to blush*	**aeddfed** – *mature*

48

Fydd o ddim yn gallu gweithio yn rhywle arall. Mae o wedi bod yn ffrind i'r teulu ers pan oeddech chi'n ferch fach, Miss De Cruz ...'

'Dw i ddim yn ferch fach nawr, Mr Dimaggio! Ac mae gen i fusnes i'w redeg. Bydd y tŷ yn cael ei werthu. Os ydy Mr Penton isio parhau i weithio i Teckno-Toys, bydd rhaid iddo weithio yn y ffatri fel pawb arall. Neu adael y cwmni. Mi wna i adael i chi ddweud y newyddion wrth Mr Penton, pan mae'r amser yn iawn.'

'Wedi iddo fo orffen cynllunio'r teganau newydd ar gyfer y tymor yma, dach chi'n feddwl?'

'Wrth gwrs. Does dim pwynt ei ypsetio fo eto – gan ei fod o'n gwneud gwaith mor dda i ni. Fydd hynny ddim yn gwneud lles i'r busnes, Mr Dimaggio, fel dach chi'n gwybod yn iawn,' meddai Eva De Cruz yn bendant.

Roedd Bernie Dimaggio wedi bod yn gweithio i'r cwmni ers pan oedd Eva De Cruz yn blentyn bach. Roedd o wedi gweld Eva a'r busnes yn tyfu. Roedd yn fusnes llwyddiannus, ond doedd o ddim yn un o'r mwyaf. Edrychodd ar ei fòs, merch ddau ddeg pump oed Diego De Cruz, ei gyn-fòs a'i ffrind. Roedd Eva wedi bod yn astudio yn y coleg busnes gorau, ac roedd hi am ddangos i weddill y byd ei bod hi am fod yn well na'i thad. Yn well ac yn fwy cyfoethog.

Ar ôl marwolaeth gwraig Diego, mam Eva, dros bymtheg mlynedd cyn hynny, rhoddodd Diego ei sylw i gyd i'r busnes. Cafodd ei unig blentyn ei hanfon i ysgol breswyl. Roedd hi wedi cael ei thrin fel tegan arall.

A dyna pam, efallai, fod Eva fel hyn. Roedd hi'n broffesiynol iawn, o'i siwt las tywyll i'r ffôn oedd bob amser yn ei llaw. Roedd Bernie'n meddwl

---

llwyddiannus – *successful*

ysgol breswyl – *private school, boarding school*

trin – *to treat*

weithiau bod ei meddwl fel peiriant electronig, hefyd.

Beth fasai'n digwydd i Arlo unwaith iddo fo glywed fod The Havens yn cael ei werthu? Roedd Bernie a Diego wedi bod yn y fyddin gydag Arlo yn ystod y rhyfel, a'r tri wedi dod yn ffrindiau. Ar ôl y rhyfel, roedd y ddau wedi gwneud yn siŵr fod Arlo'n cael gweithio mewn tawelwch. Roedd y ddau am helpu i wella ei feddwl. Addawodd Diego y basai lle tawel iddo weithio yn Teckno-Toys am byth. Beth fasai'r newyddion yma yn ei wneud i Arlo?

'Dydy hi ddim yn bosib dod o hyd i rywle tawel iddo, Miss De Cruz?' holodd Bernie. 'Fe addawodd Diego ... eich tad ... y basai o'n cael rhywle tawel i weithio!'

'Roedd hynny flynyddoedd yn ôl. Dydy o ddim i gael ei drin yn wahanol i bawb arall,' atebodd hithau, gan sychu ei hwyneb ar y tywel a'i daflu'n ôl ato. 'Esgusodwch fi, ond mae gen i gyfarfod mewn ugain munud.'

Gadawodd Eva'r tywel llaith yn nwylo Bernie ac allan â hi. Roedd Bernie'n agos at oed ymddeol. Teimlai'n ofnadwy dros Arlo. Basai Diego wedi gwneud rhywbeth i helpu bob tro, ond nid Eva. Basai Bernie'n siŵr o golli ei swydd ei hun tasai o ddim yn gwneud fel roedd Eva wedi ei ddweud.

Teimlai Bernie yn hen ac yn wan wrth iddo gerdded allan o'r gampfa.

* * *

Wrth i Eva a Bernie siarad, camodd Arlo i mewn i'r car i fynd i'r gwaith. Roedd o wedi anghofio cymryd ei dabledi eto, ac roedd ei wyneb yn chwysu'n barod. Roedd hi'n fore braf, heulog, a theimlai Arlo'n falch ei

---

byddin – *army*

llaith – *damp*

fod o wedi gorffen y cynlluniau, ac roedd o'n edrych ymlaen at eu rhoi yn nwylo Bernie Dimaggio. Roedd y papurau ar y sedd yn ei ymyl wrth iddo yrru i'r ddinas, oedd yn brysur gyda thraffig y bore.

Stopiodd Arlo wrth oleuadau traffig. Car smart oedd yn ei ymyl, gyda'r to i lawr, a dyn ifanc yn gwisgo sbectol dywyll oedd wrth y llyw. Roedd yn gwrando ar gerddoriaeth roc uchel, ac yn symud ei ben i'r rhythm. Doedd Arlo ddim yn deall sut gallai unrhyw un wrando ar gerddoriaeth mor uchel heb anafu eu clustiau. Gallai deimlo'r sŵn yn llenwi ei ben. Roedd o'n boenus. Gwaeddodd ar y dyn i droi'r sŵn i lawr. Chwerthin wnaeth y dyn, a throi'r gerddoriaeth i fyny'n uwch. Drwy lwc, newidiodd y golau a dyma'r ddau yn gyrru i ffwrdd. Gadawodd Arlo i'r car wibio o'i flaen, gan fynd â'i sŵn efo fo.

Teimlai Arlo bopeth yn swnllyd ar y siwrnai yna. Roedd radio pob car yn rhy uchel. Rhegodd ar adeilad gorsaf radio Tucson wrth ei basio. Yna, clywodd y peiriannau uchel ar safle adeiladu. Clywodd sawl corn car yn canu, a theimlai fel tasai pobl yn gweiddi, gweiddi, gweiddi ym mhob man.

O'r diwedd, cyrhaeddodd y lôn oedd yn troi i The Havens. Diolch byth ei fod o'n cael gweithio mewn lle mor braf! Wrth iddo yrru drwy'r gerddi, diflannodd holl sŵn y ddinas. Pan barciodd Arlo'r car, roedd o'n chwys poeth i gyd a'i gorff yn crynu. Roedd y sŵn uchel yn canu yn ei ben, fel ei atgofion o'r rhyfel. Anadlodd yn ddwfn er mwyn tawelu ei feddwl, cyn nôl ei gynlluniau o'r sedd a cherdded i mewn i'r tŷ mawr.

* * *

---

chwysu – *to sweat*

llyw – *steering wheel*

anafu – *to injure*

rhegi – *to swear*

gorsaf radio – *radio station*

Roedd hi'n naw o'r gloch yn The Havens. Roedd Bernie Dimaggio yn gynnar, ac arhosodd yn y swyddfa nes i Arlo gerdded i mewn. Sylwodd fod Arlo'n dal yr amlen oedd yn cynnwys y cynlluniau newydd, a sylwodd hefyd ei fod yn edrych braidd yn anhapus.

'Helô, Arlo! Hei, wyt ti'n iawn? Dwyt ti ddim yn edrych yn grêt, os ga i ddeud. Wyt ti'n cysgu'n iawn? Hei, cofia ddeud os oes angen unrhyw beth arnat ti ...'

Gwenodd Arlo. Roedd Bernie wastad yn poeni amdano pan oedd hi'n amser dangos ei gynlluniau newydd. Oedd o'n meddwl y basai rhywbeth yn digwydd i Arlo cyn rhoi'r papurau yn llaw Bernie? Mae'n siŵr. Roedd Bernie bob amser yn poeni am bopeth. Syllodd Arlo ar wyneb cyfarwydd ei ffrind cyn ateb. 'Dw i'n iawn, Bernie. Wel, mi faswn i'n iawn taswn i'n gallu cerdded o gwmpas y lle gyda 'nghlustiau ar gau. Mae'r dre 'ma'n mynd yn fwy swnllyd bob dydd ...'

O na, meddyliodd Bernie. *Gobeithio nad ydy o am fynd ymlaen ac ymlaen am lygredd sŵn eto ...* Penderfynodd dorri ar ei draws.

'Mae'r cynlluniau gen ti, dw i'n gweld. Popeth yn barod?'

Rhoddodd Arlo'r amlen yn llaw Bernie.

'Ydy, wir. Mae hwn yn mynd i fod yn llwyddiant, Bernie, dw i'n siŵr o hynny. Bydd y plant wrth eu bodd! Yn hawdd i'w reoli, ond mor dawel â babi bach yn cysgu ym mreichiau ei fam!'

'Ac mae popeth yn gweithio'n iawn? Rwyt ti wedi mynd dros y cyfan gyda chrib mân?' gofynnodd Bernie.

'Do. Sawl gwaith,' atebodd Arlo. 'Dw i'n gwneud bob tro – ti'n gwybod hynny.'

---

crib mân – *fine tooth comb*

Roedd Bernie'n gwybod yn iawn. Os oedd Arlo'n dweud fod rhywbeth yn barod, roedd o'n barod. Rhoddodd y cynlluniau yn ei fag a dechrau cerdded i ffwrdd wrth ddiolch i Arlo. Yna stopiodd Bernie, a throi at ei ffrind gan dynnu amlen arall allan o boced ei siwt.

'Bron iawn i mi anghofio ...' meddai Bernie, oedd yn gelwydd llwyr. 'Mae hwn i ti ... o'r ffatri.'

'Be ydy o?' gofynnodd Arlo.

Edrychodd Bernie ar ei oriawr. Doedd o ddim yn ddigon dewr i wynebu ymateb Arlo i'r newyddion am werthu The Havens. 'Mae'n rhaid i mi fynd i gyfarfod. Wela i di wedyn, iawn?'

'Iawn,' meddai Arlo, a gwenodd Bernie'n nerfus cyn gadael. *Roedd o ar frys*! meddyliodd Arlo. *Efallai ei fod o'n dechrau cael llond bol ar yr holl sŵn hefyd. Faswn i ddim yn synnu. Does 'na ddim byd yn fy synnu i erbyn hyn.*

Eisteddodd Arlo, ac agor yr amlen.

* * *

Blasodd Eva De Cruz ei choffi. Roedd o'n ddu, heb siwgr, yn union fel roedd hi'n ei hoffi. Wrth iddi eistedd wrth ei desg yn y swyddfa, meddyliodd y basai pethau'n gallu bod yn llawer gwaeth. Aeth mis heibio ers i'r hen ŵr eu gadael. Roedd hi wedi disgwyl iddo fo achosi llawer mwy o drafferth cyn mynd. Fasai o byth wedi dod i weithio yn y ffatri, roedd hi'n gwybod hynny – nid ac yntau'n casáu sŵn fel yr oedd o. Cytunodd y cynllunwyr eraill i symud. Nid problem Eva oedd un dyn oedd wedi cael profiadau gwael yn y rhyfel. A beth bynnag, roedd The Havens wedi cael ei ddymchwel gan

---

celwydd – *a lie*	**ymateb** – *reaction*
oriawr – *watch*	**dymchwel** – *to demolish*
dewr – *brave*	

y perchnogion newydd. Ro'n nhw wedi dechrau adeiladu gorsaf radio newydd yno. Basai hi'n un o orsafoedd roc mwyaf Arizona. Enillodd Teckno-Toys ffortiwn wrth werthu'r hen le. Ac os oedd yr hen ŵr yn anhapus ... wel, fel yna roedd bywyd weithiau.

Roedd Eva De Cruz wedi adnabod Arlo am y rhan fwyaf o'i bywyd. Cafodd gyfle i arbrofi gyda rhai o'i deganau pan oedd hi'n ferch fach. Roedd hi'n caru'r teganau ond, iddi hi, dyn od oedd yn casáu sŵn oedd eu cynllunydd. Er, roedd hi wedi bod yn hoff iawn o'i wraig, Maria. Doedd dim dadlau fod Arlo'n gynllunydd penigamp, ond roedd posib cael staff newydd, staff oedd ddim yn achosi trafferth ac yn mynnu cael tawelwch. Ac roedd y rheiny'n staff rhatach, hefyd.

'Na, fydd 'na ddim trafferth cael rhywun yn lle Arlo Penton,' meddyliodd Eva wrth arllwys ail baned o goffi iddi ei hun. 'Dim trafferth o gwbl.'

* * *

Roedd Arlo wedi gadael ei swydd yn syth ar ôl darllen y llythyr. Fasai o byth yn gallu gweithio yn y ffatri! Roedd ganddo ddigon o arian wedi ei gynilo. Gallai edrych ar ei ôl ei hun. Doedd dim angen ffrindiau ffals arno fo, ffrindiau oedd yn torri eu gair. Roedd o'n iawn ar ei ben ei hun. Dyna roedd Arlo'n ei ddweud wrtho'i hun.

Ond roedd mis wedi mynd heibio ers i Arlo orffen yn ei swydd, ac roedd yr holl sŵn yn ei ben yn mynd yn uwch. Roedd yn anghofio cymryd ei dabledi'n aml. Weithiau, roedd yn deffro yng nghanol y nos yn wlyb o chwys ac yn sgrechian. Ond doedd Maria ddim yno i wneud

---

ffortiwn – *fortune*

penigamp – *excellent*

cynilo – *to save*

iddo deimlo'n well. Roedd yn meddwl am y rhyfel o hyd. Roedd Arlo'n teimlo fel tasai gynnau'n tanio o'i gwmpas eto. Roedd y gynnau yn ei ben a'r sŵn tu allan yn cymysgu. Roedd hi'n mynd yn anodd gweld y gwahaniaeth rhwng atgofion a'r byd go iawn. Swniai pob radio uchel, pob peiriant swnllyd fel bom yn ffrwydro.

Doedd Arlo ddim yn gallu deall pam nad oedd rhywun yn gwneud rhywbeth am yr holl sŵn. Roedd y sŵn yna o hyd. Pam nad oedd pobl eraill yn deall beth oedd yn digwydd? Oedd pawb yn fyddar? Pam nad oedden nhw'n clywed y gelyn – y sŵn?

Roedd rhaid iddo fo wneud rhywbeth cyn iddo fynd yn wallgof. Gan fod neb arall yn gwneud dim am y sefyllfa, basai'n rhaid i Arlo wneud. Roedd rhaid iddo fo stopio'r sŵn.

Ond sut?

* * *

'Dylai hynny fod yn ddigon,' meddai Arlo. Aeth wythnos heibio, ac roedd o wedi penderfynu beth i'w wneud. Roedd o wedi bod yn gweithio ar wneud y tŵr yn ei ardd yn uwch ac yn gryfach er mwyn iddo fo allu cryfhau'r signal radio i'w deganau i gyd. Rhoddodd ei holl offer trydanol ar ben y tŵr, ac uchaf yn y byd oedd y tŵr, gorau yn y byd roedd yr offer yn gweithio. Roedd o'n gallu rheoli ei deganau'n well nag erioed o'r blaen, ac yn gallu eu hanfon ar draws y ddinas i gyd.

Roedd gan Arlo lawer iawn o offer. Yn ei garej, roedd dros gant o deganau, pob un mewn cyflwr perffaith. Roedd wedi cael cadw popeth

---

ffrwydro – *to explode*

byddar – *deaf*

gan Teckno-Toys. Rhoddodd gamera bach ar bob un, fel y gallai wylio ble ro'n nhw i gyd o sgrin ei gyfrifiadur, hyd yn oed pan oedd hi'n niwlog neu'n rhy boeth iddo fo eistedd tu allan. Roedd Arlo wedi dysgu llawer am ffrwydron yn ystod y rhyfel. Roedd o'n gwybod y gallai glymu ffrwydryn ar degan, ac, o'i sedd o flaen ei gyfrifiadur, ei hedfan at darged. Basai'r camera'n dangos yn union ble roedd ei darged: y cyfan fasai'n rhaid iddo'i wneud fasai hedfan tuag y targed hwnnw a BWM! – basai dinistr llwyr.

Fasai neb yn amau dim. Wedi'r cyfan, dim ond gweithio ar ei deganau roedd Arlo, yn union fel roedd o wedi ei wneud ers blynyddoedd. Fasai neb yn gwybod ei fod o'n gallu gwneud bomiau hefyd. Roedd Chico'n galw draw gyda llygod mawr i Susie ac yn gweld Arlo'n gweithio yn ei garej lle roedd Susie'n cysgu yn ei bocs gwydr. Roedd Chico'n hoff o Arlo, er nad oedd o'n bwyta nadroedd. Stopiodd i'w wylio'n gweithio ac yna'n hedfan un o'i fodelau bendigedig yn uchel yn yr awyr.

Doedd dim syniad ganddo fod ymgyrch Arlo yn erbyn y gelyn wedi dechrau.

* * *

Targed cyntaf Arlo oedd yr hen orsaf radio roc yn Tucson. Cafodd lwyddiant. Llwyddodd un tegan awyren fach i gario digon o ffrwydron i ddinistrio tŵr yr orsaf radio. Roedd o'n hawdd. Roedd Arlo'n gwybod na fasai'r orsaf yna'n gallu chwarae cerddoriaeth uchel am sbel.

Roedd y stori am y ffrwydrad rhyfedd oedd wedi dinistrio offer pwysig yn yr orsaf radio roc leol ym mhob papur newydd y diwrnod wedyn.

---

ffrwydryn (ffrwydron) – *explosive(s)*   **ymgyrch** – *campaign*

dinistr llwyr – *complete destruction*

amau – *to suspect*

Chafodd neb eu brifo, meddai'r adroddiadau, ond basai'n rhaid i'r orsaf gau am dipyn o amser. Allai'r heddlu ddim dod o hyd i unrhyw reswm pam y basai rhywun wedi gwneud y fath beth yn fwriadol, ond roedd hi'n bosib fod rhywun wedi bod yn chwarae gyda ffrwydron am sbort. Roedd hynny'n achos poeni.

Ro'n nhw'n iawn i boeni hefyd. Dros yr wythnos nesaf, digwyddodd sawl ffrwydrad arall: cafodd peiriannau mawr swnllyd ar safleoedd adeiladu eu dinistrio, ac roedd yna ffrwydrad mawr mewn ffatri tân gwyllt. Ond chafodd neb eu brifo. Dim eto.

* * *

Ychydig ddyddiau ar ôl y ffrwydrad yn y ffatri tân gwyllt, roedd Sheriff Calhoun yn sefyll yn swyddfa dirprwy bennaeth Teckno-Toys. Roedd yn ysu am sigarét, ond gan ei fod o'n trio rhoi'r gorau i smocio, doedd ganddo fo'r un. Yn waeth na hynny, doedd dim un o'r plismyn eraill yn smocio, felly doedd o ddim yn gallu gofyn iddyn nhw am un chwaith. Roedd o mewn hwyliau ofnadwy, ond roedd ganddo waith i'w wneud. Ymestynnodd am y darn gwm cnoi olaf o'i boced a'i daflu i'w geg.

'Dywedwch eto, Mr Dimaggio.' Tawelwch am ychydig, wrth iddo gnoi'r gwm yn feddal. 'Fe ddywedoch chi ar y ffôn fod y dyn yma – be oedd ei enw o?'

'Arlo Penton, Sheriff.'

'Arlo Penton, dyna fo. Fe ddywedoch chi mai fo oedd un o'r cynllunwyr gorau yn Teckno-Toys?'

'Y gorau un. Dacw fo yn y llun ar y wal. Fo ydy'r un yn dal yr awyren

---

bwriadol – *intentional*	**rhoi'r gorau i** – *to give up*
tân gwyllt – *fireworks*	**hwyl(iau)** – *mood(s)*
ysu am – *to long for*	

tegan. Dyna ydy'n gwerthwr gorau ni, ac Arlo oedd y cynllunydd.'

Syllodd Sheriff Calhoun ar y llun yn swyddfa Bernie Dimaggio. Roedd Bernie'n hoffi cadw lluniau o'r teganau gorau ar y wal, a'r cynllunwyr gyda nhw. Roedd Arlo i'w weld yn llawer o'r lluniau. Yn yr un yma, roedd yn gwenu, ac yn edrych yn hapus ac yn fodlon.

'Ac fe gaethoch chi wared arno fo?' holodd y Sheriff.

'Na, Sheriff. Fo wnaeth ddewis mynd. Ym ... fe adawodd o'r cwmni ychydig fisoedd yn ôl.'

Clywodd y Sheriff fymryn o euogrwydd yn llais Bernie. Roedd o wedi bod yn ei swydd yn ddigon hir i wybod pryd roedd rhywun yn trio cuddio rhywbeth.

'Gyda llai na blwyddyn nes oedd o i fod i ymddeol? Mae'n rhaid bod rheswm da gan Mr Penton. Fedrwch chi feddwl am reswm, Mr Dimaggio? Wedi'r cyfan, dach chi'n ei nabod o ers blynyddoedd. Dw i ddim yn cyhuddo unrhyw un o unrhyw beth, ond mae'n rhaid i mi ofyn.'

Teimlai Bernie'n euog ei fod o wedi torri'r addewid wnaeth o a Diego i Arlo. Teimlai'n ofnadwy ei fod o mor wan yn erbyn merch Diego – ei fòs – oedd ddim wedi parchu'r addewid yna o gwbl. Roedd o'n gwybod y basai Arlo'n torri ei galon o adael The Havens ond fuodd o ddim yn ddigon dewr i siarad ag Arlo am y peth. Oedd hi'n bosib mai Arlo oedd wedi achosi'r holl ffrwydradau yma?

Dywedodd Bernie wrth y Sheriff am Arlo, am Teckno-Toys ac am The Havens a'i syniad am Arlo a'r ffrwydron. Roedd o'n falch ei fod o wedi gallu siarad â rhywun am y peth o'r diwedd.

'Beth fydd yn digwydd i Arlo nawr?' holodd Bernie.

---

euogrwydd – *guilt*

cyhuddo – *to accuse*

addewid – *promise*

'O, dim syniad, Mr Dimaggio. Er eich bod chi wedi esbonio'ch ochr chi, does neb yn gwybod mai Mr Penton sy'n gyfrifol am y ffrwydradau. Oes, mae sawl ymosodiad wedi bod: yn yr orsaf radio, ar safleoedd adeiladu, a'r un yna yn y ffatri tân gwyllt. Ond does neb yn siŵr ai'r un person sy'n gyfrifol amdanyn nhw i gyd. Efallai fod sawl person yn y ddinas yma'n gwneud eu bomiau eu hunain.'

'Ai dyna dach chi'n ei gredu go iawn?' gofynnodd Bernie'n syn.

Ystyriodd y Sheriff hynny wrth gnoi ei wm cnoi. Edrychodd eto ar y llun o Arlo.

Yn sydyn, sylwodd ar degan awyren yn gwibio heibio'r ffenestr, a chyn iddo gael cyfle i ddweud dim, daeth sŵn BANG! mawr o'r tu allan. Brysiodd Bernie draw at y ffenestr.

'Sheriff! Y ffatri! Mae'r ffatri ar dân!'

* * *

Roedd Arlo wedi bod yn gweithio'n galed. Doedd o ddim yn gallu gweld canlyniadau ei waith yn syth gan fod y camerâu yn cael eu dinistrio yn y ffrwydradau. Roedd yn rhaid iddo wrando ar y radio i wybod beth oedd wedi digwydd pan oedd y teganau'n cyrraedd eu targedau – nid y gorsafoedd radio mawr swnllyd, wrth gwrs. Yr offer trydanol yn Teckno-Toys oedd y targed diweddaraf. Heb y trydan, fasai'r ffatri ddim yn gweithio a'r sŵn yn tawelu.

Ond roedd tri o bobl wedi cael eu llosgi'n ddrwg yn ffrwydrad Teckno-Toys. Clywodd Arlo amdanyn nhw ar y radio, a chael sioc. 'Ond nid fy mai i ydy hynny,' meddyliodd. 'Rhyfel ydy hyn. Mae pobl ddiniwed yn cael eu hanafu mewn rhyfeloedd. Bai'r gelyn ydy hynny, nid fy mai i. Mae'n rhaid i mi ddal ati. Does neb arall yn gwneud. Mae'n rhaid i mi.'

Ond doedd Arlo ddim yn teimlo'n iawn. Roedd o'n drist ar ôl clywed am y bobl yn cael eu hanafu. Ac roedd yr holl sŵn yn ei ben yn dal yn fyddarol. Roedd y gelyn yn gryf, a chymaint o waith ar ôl i'w wneud.

Aeth yn ôl i'r garej i weithio.

* * *

Dechreuodd Arlo weithio'n syth. Roedd hi'n bwysig fod y nesaf yn mynd yn iawn. Doedd dim syniad ganddo fod y Sheriff a sawl car heddlu yn gwibio i gyfeiriad ei gartre ar yr union eiliad honno. Y cyfan roedd o eisiau ei wneud oedd perffeithio'i awyren tegan. Awyren Mustang oedd hi – ei hoff fodel – ac roedd o wedi ei chadw'n arbennig ar gyfer y twr radio oedd yn cael ei adeiladu ar safle The Havens. Roedd o'n benderfynol o stopio'r gwaith adeiladu.

Fasai dim angen llawer o ffrwydron – dim ond digon i ddymchwel y twr. Basai hynny'n iawn. Edrychodd ar sgrin ei gyfrifiadur a gwylio'r olygfa o'r camera bach. Roedd hi'n amser hedfan.

Gosododd Arlo'r Mustang ar y glaswellt yn ymyl y garej cyn eistedd yn ei gadair. Welodd o mo'r Sheriff a'r heddlu'n dod yn nes, ond fe welon nhw Arlo. Roedd pawb yn ei wylio o bellter a gynnau pwerus yn eu dwylo. Gwelodd pawb y tegan awyren Mustang yn codi i'r awyr, a dyma un o'r heddlu'n tanio'i wn cyn fod yr awyren wedi gallu mynd yn bell.

---

diniwed – *innocent*

dal ati – *to keep going*

byddarol – *deafening*

perffeithio – *to perfect*

pellter – *distance*

Roedd ffrwydrad mawr.

Teimlodd Arlo rywbeth yn llenwi ei glustiau, a chafodd ei daro'n ôl i'r llawr. Roedd poen yn ei fraich. Caeodd ei lygaid. Oedd o wedi marw? Oedd y gelyn wedi ennill? Agorodd ei lygaid a gweld y gwaed ar ei fraich.

Wrth iddo godi ar ei draed, welodd Arlo mo'r darnau o wydr wedi torri ar y llawr y tu ôl iddo. Wnaeth o ddim clywed sŵn hisian y neidr oedd wedi cael ei deffro. Prin wnaeth o deimlo brathiad Susie cyn iddo syrthio'n ôl i'r llawr. Teimlai ei lygaid yn drwm a throdd golau dydd yn dywyll wrth i'r gwenwyn redeg drwy ei gorff. Ond roedd o'n hapus.

O'r diwedd, roedd byd Arlo'n dawel.

Agor Drysau

Roedd Kathy Page wedi bod yn ddall erioed.

Cafodd ei geni wyth wythnos yn gynnar, ac ar yr adeg honno, doedd doctoriaid ddim yn gwybod bod rhoi ocsigen pur i fabi bach yn dinistrio'r nerfau sensitif ar gefnau eu llygaid.

Ond roedd hynny flynyddoedd yn ôl. Nawr, roedd Kathy Page yn newyddiadurwraig enwog ym Mhrydain. Roedd pobl yn ei hedmygu am ei chyfweliadau gyda phobl enwog. Roedd un o'i chyfweliadau diweddaraf yn dangos ei steil yn berffaith:

'Felly, yr addewid wnaethoch chi cyn yr etholiad i greu llywodraeth onest – ydy hynny'n golygu eich bod chi yn erbyn llwgrwobrwyo gweinidogion?'

'Wrth gwrs! Dw i yn erbyn hynny'n llwyr ...'

'Ond beth am yr arian dach chi wedi ei dderbyn gan ddynion busnes?'

'Ym ... mi fedra i esbonio popeth.'

'Allwch chi esbonio fod y dynion busnes yna wedyn wedi cael cytundebau gwaith mawr gan y llywodraeth?'

'Wel ... ym ...'

---

dall – *blind*

pur – *pure*

nerf(au) – *nerve(s)*

etholiad – *election*

llywodraeth – *government*

llwgrwobrwyo gweinidog(ion) – *to bribe minister(s)*

'Diolch i chi. A nawr, gweddill y newyddion ...'

Roedd Kathy Page yn benderfynol o ddod o hyd i'r gwir bob tro.

Roedd ganddi lais oedd yn gadarn ond yn feddal, ac roedd pobl yn hoff ohoni. Roedd y bobl oedd yn cael eu holi ganddi hi'n ymlacio yn ei chwmni. Dyna pryd roedd Kathy'n dweud ei dweud. Roedd sawl gwleidydd wedi ymlacio gormod ac wedi sgwrsio'n rhy agored ar gamera.

Roedd Kathy'n gwybod yn well na neb sut oedd gwrando ar lais. Doedd hi ddim yn gallu gweld yr holl driciau bach roedd pobl yn eu defnyddio gyda'u hwynebau a'u cyrff wrth siarad. Y cyfan allai hi ei wneud oedd clywed eu geiriau. Roedd hi'n amhosib i'r rhai roedd hi'n eu holi guddio hyd yn oed y newid lleiaf un yn eu lleisiau. Roedd hi'n gallu synhwyro pryd roedd rhywun yn teimlo'n anghysurus, ac fel arfer, roedd hi'n gallu dyfalu pam.

Roedd Kathy'n garedig gyda gwesteion oedd ddim wedi arfer cael llawer o sylw. Er enghraifft, roedd hi'n deall swildod hen wraig oedd wedi ennill gwobr am ei gwaith gyda'r tlawd. Ond os oedd hi'n amau rhywun o ddweud celwydd, basai'n holi a holi tan roedd hi wedi dod o hyd i'r gwir.

Credai dynion busnes a gwleidyddion eu bod nhw'n gallu ei thwyllo hi. Ro'n nhw'n anghywir. Roedd Kathy'n dda iawn yn ei gwaith.

Roedd ei gwrandawyr yn meddwl y byd ohoni. Hi oedd y seren. Hi oedd yr un oedd, bob un tro, yn dod o hyd i'r gwir.

Roedd Kathy wedi bod yn gweithio ar y radio ers tri deg o'i phum deg mlynedd ar y ddaear, ac roedd hi wrth ei bodd. Phriododd hi ddim, er ei

dweud ei d(d)weud – *to have one's say*	**twyllo** – *to fool*
swildod – *shyness*	**gwrandawyr** – *listeners*
tlawd – *poor*	**meddwl y byd o** – *to think the world of*

bod hi'n dlws. Roedd ganddi wallt hir tywyll heb un blewyn llwyd; roedd ei hwyneb yn brydferth ond yn gryf, a'r ychydig grychau yn ei gwneud hi'n fwy prydferth. Cadwodd ei chorff yn edrych ar ei orau wrth wneud ioga. Roedd ganddi ddigon o edmygwyr. Weithiau, basai'n caniatáu i un ohonyn nhw fynd â hi allan am swper os oedd hi'n meddwl ei fod e'n ddiddorol, ond roedd yn well ganddi hi dreulio amser gyda'i chyd-weithwyr, ei llyfrau a Trudy, ei chi tywys chwe blwydd oed.

Roedd hi'n caru cerddoriaeth ac yn mynd i'r theatr yn aml i weld dramâu hen a newydd. Yr unig beth oedd yn siom iddi oedd na allai weld paentiadau. Darllenodd lawer am artistiaid a'u gwaith, ac roedd hi'n ysu weithiau i gael gweld paentiad enwog, hyd yn oed am amser byr iawn. Ond yna roedd hi'n flin gyda hi ei hun am feddwl fel yna – roedd yn wirion. Fasai hynny byth yn gallu digwydd.

Roedd sawl cynhyrchydd teledu wedi ceisio denu Kathy i gyflwyno rhaglenni teledu dros y blynyddoedd. Roedd pawb yn gwybod ei bod hi'n boblogaidd iawn. Ond roedd Kathy yn gwrthod bob tro. Roedd hi'n hapus ar y radio. Doedd dim ots sut roedd rhywun yn edrych – eu geiriau oedd yn bwysig. Dyna roedd hi'n ei ddweud wrth bobl.

A beth bynnag, roedd Kathy Page, brenhines y cyfweliadau, yn swil iawn am y ffordd roedd hi'n edrych.

* * *

'Mae hi wedi gwrthod? Eto? Wyt ti'n siŵr ei bod hi wedi deall faint o arian dan ni'n ei gynnig?'

---

crych(au) – *wrinkle(s)*

edmygwyr – *admirers*

ci tywys – *guide dog*

paentiad(au) – *painting(s)*

cynhyrchydd – *producer*

Cododd Mike Dean o'r cwmni teledu ei law arall wrth iddo ddal y ffôn wrth ei glust. Doedd neb arall yn y swyddfa, ond cododd ei law beth bynnag, am ei fod e mor siomedig. Doedd e ddim yn deall sut roedd rhywun yn gallu gwrthod cymaint o arian. Roedd e wedi cael sawl sgwrs fel yma o'r blaen, pob un am Kathy Page.

'Iawn, ond paid â rhoi'r gorau iddi. Rho gynnig arall arni mewn wythnos. Ie ... Hwyl.'

Rhoddodd Mike Dean y ffôn i lawr. Fe oedd cynhyrchydd ieuengaf y cwmni, a fe oedd yn gyfrifol am rai o'r rhaglenni mwyaf llwyddiannus. Ei dalent arbennig oedd rhaglenni sgwrsio, a rhaglenni oedd yn trafod y newyddion. Roedd e'n ceisio cael dadleuon poeth ar y sgrin i ddiddanu'r gwylwyr. 'Maen nhw'n hoffi gweld pobl yn cweryla,' meddai bob tro. 'Ac maen nhw'n hoffi'r math o bobl sy'n dadlau.'

Dyna pam ei fod mor awyddus i gael Kathy Page i gyflwyno un o'i raglenni. 'Mae hi'n dadlau, yn edrych yn grêt, ac mae pobl yn ei pharchu hi. Mae hi'n seren a dydw i ddim isio i unrhyw un arall ei chael hi!'

Roedd e wedi methu perswadio Kathy eto. Ond doedd Mike Dean ddim yn un oedd yn ildio. Nid fe oedd y cynhyrchydd cyntaf i drio denu Kathy Page i fod yn seren deledu, ond roedd e'n benderfynol mai fe fasai'r olaf.

* * *

Roedd rhaglen radio Kathy'n un o'r rhai mwyaf poblogaidd ar yr orsaf. Roedd hi'n holi pobl oedd yn y newyddion, ac yn trafod pethau pwysig.

---

ieuengaf – *youngest*   **ildio** – *to give in/up*

diddanu – *to entertain*

gwylwyr – *viewers*

Yn ogystal â gwleidyddion a dynion busnes, roedd hi'n sgwrsio gydag artistiaid, awduron a gwyddonwyr. Roedd y rhaglenni'n mynd yn fwy difyr wrth i Kathy holi'r gwesteion, yn enwedig pan oedd y rheiny'n dweud pethau nad oedd Kathy'n eu credu. Dyna pryd roedd yr hwyl go iawn yn dechrau.

Roedd ei rhaglen fore bron â gorffen am y dydd, ac roedd y gwestai olaf yn dod ymlaen. Gwyddonydd o America oedd e, Dr Woodrow Percival, oedd yn arbenigwr mewn llawdriniaethau ar lygaid. Roedd gan Kathy ddiddordeb ynddo gan ei fod e'n dweud y gallai osod nerfau ffug os nad oedd y nerfau'n gweithio'n iawn, ac y basai'r rheiny gystal â nerfau go iawn. Roedd gan Kathy ddiddordeb personol. Dywedai Dr Percival fod ganddo'r gallu i wneud i bobl ddall weld.

Ac roedd e wedi dweud fod ganddo'r gallu i wneud iddi hi weld.

Roedd Kathy wedi cwrdd ag 'arbenigwyr' cyn hyn. Weithiau, roedd mwy o ddiddordeb ganddyn nhw mewn cael sylw nag mewn dweud y gwir, gan wneud iddyn nhw swnio'n fwy talentog nag oedden nhw mewn gwirionedd. Tasai'r dyn yma'n dweud celwydd, meddyliodd Kathy, basai hi'n gallu dweud. Peth ofnadwy oedd codi gobeithion pobl – ei gwneud hi'n anodd iddyn nhw dderbyn eu sefyllfa a symud ymlaen. Os oedd y dyn yn cynnig gobaith annheg, dylai pobl wybod hynny – a Kathy oedd yr un i ddweud wrthyn nhw.

Cyflwynodd Dr Percival i'w gwrandawyr.

'Dr Percival, dach chi'n mynd i roi darlith yn hwyrach heddiw am y driniaeth newydd yma. Wnewch chi esbonio mewn ffordd syml sut mae e'n gweithio?'

---

gwyddonydd (gwyddonwyr) – *scientist(s)*   **annheg** – *unfair*

llawdriniaeth(au) – *operation(s), surgery*   **darlith** – *lecture*

ffug – *artificial*   **triniaeth** – *treatment*

'Wrth gwrs.'

A dyna'n union a wnaeth e. Arhosodd Kathy am y newidiadau bach yn ei lais oedd yn awgrymu nad oedd e'n dweud y gwir yn gyfan gwbl. Roedd ei lais yn glir ac yn gadarn. Nid llais gŵr pedwar deg oed oedd e – ond roedd e'n swnio'n ddoeth. Gofynnodd Kathy lawer o gwestiynau, gan wrando'n ofalus ar yr atebion, a gwrando am arwyddion ei fod e'n dweud celwydd. Doedd dim un. Dywedodd bopeth mewn ffordd oedd yn awgrymu ei fod e'n credu pob gair oedd yn dod o'i geg. Pob un ateb yn onest ac yn glir. Doedd Kathy ddim yn gallu pigo ar unrhyw beth. O'r diwedd, penderfynodd ofyn y cwestiwn roedd yr holl wrandawyr wedi gobeithio amdano.

'Dr Percival, dach chi'n dweud y basai'n bosib i chi wneud i mi allu gweld. Mae hynny'n beth personol iawn i'w ddweud. Dach chi o ddifri?'

Gwrandawodd Kathy'n ofalus. Roedd e wedi bod mor dda hyd yn hyn. Os oedd e am ddangos gwendid, mae'n siŵr mai nawr ...

'Miss Page, gadewch i mi ymddiheuro ...'

Dyma fe! meddyliodd Kathy. *Mae e'n mynd i fethu! Mae e'n gwybod yn iawn nad ydy e'n gallu gwneud yr hyn mae e wedi ei ddweud ...*

'... am yr hyn dddywedodd y papurau newydd. Fe ddefnyddion nhw eich enw chi pan o'n i am eich defnyddio chi fel esiampl yn unig. Beth ddywedais i oedd bod pobl oedd wedi cael difrod i'r nerfau yng nghefnau'r llygaid – fel chi – yn gallu cael eu gwella gan y driniaeth yma.'

Er nad oedd Kathy wedi clywed amheuaeth yn ei lais, roedd hi am iddo ddweud yr union eiriau. Dyna fasai ei gwrandawyr yn ei ddisgwyl.

'Dr Percival, dach chi'n dweud y gallwch chi wneud i mi fedru gweld?'

---

yn gyfan gwbl – *altogether, completely*

gwendid – *weakness*

amheuaeth – *doubt, suspicion*

'Wel, basai'n rhaid i mi weld eich nodiadau meddygol chi, ond dw i'n meddwl. Baswn. Dw i'n meddwl y baswn i.'

Roedd hi'n amser i'r rhaglen ddod i ben. Diolchodd Kathy i'w gwesteion a daeth y gerddoriaeth i nodi diwedd rhaglen arall. Teimlai'n gyffrous, ond yn euog braidd am deimlo felly. Meddyliodd erioed na fasai hi eisiau gallu gweld, tasai hi'n cael y cyfle i ddewis. Ond doedd dim gobaith bryd hynny. Dim pwrpas gobeithio. Doedd Kathy ddim wedi caniatáu iddi hi ei hun obeithio am hyn, erioed.

Ond roedd y meddyg yn swnio mor hyderus. Roedd Kathy'n gallu teimlo'r gobaith yn ei lais.

Am y tro cyntaf ers ei bod yn ferch fach, dechreuodd ddychmygu sut beth fasai gallu gweld. Oedd, roedd hi eisiau gallu gweld. Yr holl luniau mewn amgueddfeydd, wynebau ei ffrindiau, yr awyr pan oedd yr haul yn codi a'r sêr yn y nos. Sylweddolodd Kathy ei bod hi eisiau hynny'n fwy na dim.

Roedd rhaid i Dr Woodrow Percival frysio o'r stiwdio i fynd i'w ddarlith. Diolchodd i Kathy cyn gadael.

Clywodd Kathy ddrws y stiwdio'n cau y tu ôl iddo. Roedd hi'n gwybod y basai'r dyn yna'n gallu gwneud gwahaniaeth mawr i'w bywyd hi. Oedd posib y basai hi'n gallu gweld? Roedd rhaid iddi gael gwybod.

* * *

Roedd papurau newydd y diwrnod wedyn yn llawn straeon am y cyfweliad.

---

hyderus – *confident*

amgueddfeydd – *museums*

SEREN RADIO DDALL YN CAEL GOBAITH GAN ARBENIGWR.
AI DYMA'R DYN FYDD YN HELPU KATHY PAGE I WELD?
POB LWC, KATHY!

Roedd pawb wrth eu bodd, yn enwedig Mike Dean. Cynigiodd dalu'r holl gostau tasai Kathy'n cytuno i gyflwyno rhaglen deledu am ychydig wythnosau.

Roedd Kathy'n casáu'r holl sylw. Er ei bod wrth ei bodd yn dadlau dros hawliau pobl eraill, roedd hi'n casáu pobl eraill yn trafod ei bywyd personol hi. Ac roedd hwn yn fater personol iawn. Gwrthododd bob cyfweliad, a wnaeth hi ddim hyd yn oed ystyried cynnig Mike Dean. Ei busnes hi oedd hyn, a neb arall. Doedd dim mwy o drafod ar y mater ar ei rhaglen radio. Roedd hi wedi gofyn i bob un o'r gwesteion beidio â chodi'r peth. Cytunodd pawb, am eu bod yn parchu Kathy ac yn deall ei bod hi mewn sefyllfa anodd.

Ond roedd Kathy wedi bod yn brysur. Doedd hi ddim eisiau i'r byd wybod am ei bywyd personol, felly trefnodd i gwrdd â Dr Woodrow Percival yn breifat. Digwyddodd y cyfarfod yn nhŷ ei hasiant, nid yn ei chartre ei hun, ac yn bell o lygaid pawb arall.

Roedd Kathy yn fenyw gyfoethog. Dros y blynyddoedd, roedd hi wedi cynilo llawer o arian. Gallai fforddio'r llawdriniaeth yn ysbyty Dr Pervical yng Nghaliffornia.

Dywedodd Dr Percival y basai'n falch o'i helpu hi. Yfodd ei de wrth eistedd mewn cadair freichiau, gan edrych ar Kathy wrth iddi roi bisged fach i Trudy'r ci.

---

asiant – *agent*

'Rhaid i mi wneud hyn yn glir,' meddai Dr Percival. 'Chi fydd y cyntaf i dderbyn y driniaeth yma. Mae e wedi gweithio yn yr holl brofion ac mae synnwyr cyffredin yn dweud y bydd e'n llwyddiant. Ond, wrth gwrs, mae 'na risg ...'

'Dw i'n deall, Dr Percival,' atebodd Kathy'n syth. 'Dw i'n fodlon cymryd y risg. Dw i wedi meddwl am y peth, ac wedi penderfynu. Os ydy e'n gweithio i mi, bydd e'n gweithio i eraill.'

'Peidiwch â chamddeall, Miss Page: fydd 'na ddim peryg i'ch bywyd chi, dim yn fwy nag unrhyw lawdriniaeth arall. Dw i'n siŵr y bydd yn llwyddiant, ond dw i ddim yn dduw. All neb ddweud yn siŵr a fydd eich llygaid yn gweithio ar ddiwedd hyn i gyd. Y cyfan dw i'n gallu ei ddweud ydy fod 'na ddim rheswm pam na fydd e'n gweithio. Dach chi'n siŵr eich bod chi eisiau gwneud hyn?'

Cymerodd Kathy anadl ddofn cyn ateb.

'Hollol siŵr. Pryd gawn ni fynd amdani?'

* * *

Digwyddodd y llawdriniaeth fis yn ddiweddarach yn yr ysbyty yng Nghaliffornia. Roedd Dr Percival yn credu bod popeth wedi mynd yn dda. Y cyfan oedd ei angen nawr oedd wythnos neu ddwy er mwyn rhoi amser i'r nerfau ffug gysylltu'n iawn â chefnau llygaid Kathy. Roedd rhaid i Kathy orffwys yn y gwely am dipyn, gyda rhwymau dros ei llygaid. Roedd meddygon yn gofalu amdani ac yn sylwi ar ei phen. Pan fasai arwyddion fod y nerfau'n gweithio, basai'r rhwymau'n cael eu tynnu.

---

profion – *tests*

synnwyr cyffredin – *common sense*

camddeall – *to misunderstand*

rhwymau – *bandages*

Treuliodd Kathy lawer o'i hamser yn ystod yr wythnosau hynny'n meddwl am yr hyn roedd hi wedi ei wneud. Weithiau, roedd ei meddwl yn llawn amheuon, ac roedd hi'n llenwi gyda phanig wrth feddwl ei bod hi wedi gwneud camgymeriad. Roedd hi'n rhy hen i gael gobeithion fel merch fach. Ond dyma hi eto, yn llawn gobaith. Roedd ofn arni, ond roedd hi'n llawn cyffro hefyd wrth feddwl am fyd gwahanol a fasai'n hollol newydd iddi, byd lle roedd hi'n gweld. Basai'n teimlo fel tasai hi wedi cael ei geni eto.

Tybed sut beth oedd lliwiau? Roedd hi wedi clywed amdanyn nhw'n aml, ond doedd hi ddim yn gwybod yn iawn beth oedd ystyr y gair lliw. Roedd e'n amhosib i'w ddychmygu, er mor galed roedd hi'n trio. Arhosodd Kathy'n amyneddgar nes ei bod hi'n amser tynnu'r rhwymau.

Daeth y dydd.

Dangosodd yr holl brofion ei bod hi'n amser gweld a oedd y llawdriniaeth wedi bod yn llwyddiant. Roedd pethau'n edrych yn addawol. Caeodd Dr Percival y llenni yn ystafell Kathy fel bod y golau'n wan. Trodd ati.

'Nawr, Kathy, mae'n rhaid i ni gymryd ein hamser. Hyd yn oed os ydy'r llawdriniaeth wedi gweithio, fyddwch chi ddim yn gweld popeth yn syth. I ddechrau, beth am weld ydach chi'n gweld golau? Dw i'n mynd i dynnu'r rhwymau a dal golau o flaen eich llygaid. Os dach chi'n gweld, fydd dim rhaid i mi ddweud gair – byddwch chi'n gwybod. Ond fydd pethau ddim yn glir i ddechrau. Dach chi'n barod?'

Nodiodd Kathy.

Daliodd Dr Percival olau bach o flaen ei hwyneb, a chamodd nyrs ymlaen i dynnu'r rhwymau. Eisteddodd Kathy yn y gwely, ei llygaid yn

---

yn amyneddgar – *patiently*

addawol – *promising*

dal ar gau. Yn araf, agorodd ei llygaid a syllu ar y golau. Trodd ei hwyneb i ffwrdd yn gyflym.

'Ow! Beth oedd hynna? Roedd e'n teimlo'n rhyfedd – fel rhywbeth yn trio mynd i mewn i 'mhen i!'

Dywedodd y meddyg wrth y nyrs am roi'r rhwymau yn ôl dros lygaid Kathy.

'Kathy,' meddai, gan wenu. 'Y rhywbeth yna – golau ydy e! Dach chi wedi gweld golau am y tro cyntaf! Llongyfarchiadau – dach chi'n gallu gweld!'

Gallai Kathy glywed yn ei lais fod y meddyg wrth ei fodd, ond doedd hi ddim yn deall.

'Ond ... ro'n i'n meddwl basai 'na fwy na hyn ... wel ... meddwl ... O! Dw i ddim yn siŵr be dw i'n feddwl!'

'Peidiwch â phoeni, Kathy,' atebodd gan wenu eto. 'Y cyfan oedd hynny oedd golau pur. Bydd hi'n cymryd amser i'ch llygaid ddod i arfer â siapiau a lliwiau. Bydd yr ymennydd yn gorfod gweithio'n galed i sortio llawer o wybodaeth sy'n hollol newydd i chi. Mae'n siŵr o gymryd sbel, hyd yn oed gyda'r ymarferion dw i wedi eu paratoi. Ond y peth pwysig ydy eich bod chi'n gallu gweld!'

'Dw i'n gallu gweld,' meddai Kathy'n dawel.

O dan ei rhwymau, roedd hi'n crio.

* * *

Dros yr wythnosau nesaf, dechreuodd Kathy ddefnyddio ei llygaid yn fwy aml. Cyn bo hir, gallai weld y gwahaniaeth rhwng golau a thywyllwch, ac yna gallai weld lliwiau a siapiau. Ond am sbel, roedd hi'n anodd iawn iddi ymdopi â'r holl wybodaeth newydd oedd yn ei phen. Pellter oedd un o'r problemau mwyaf: roedd hi'n anodd gwybod beth oedd yn agos a beth oedd yn bell. Basai'n ymestyn am rywbeth oedd ar ochr draw'r ystafell fel tasai hwnnw yn ei hymyl, ac yn cerdded i mewn i bethau yn meddwl eu bod nhw'n bell i ffwrdd.

Ond dyn amyneddgar oedd Dr Percival. Aeth â Kathy am dro'n aml o amgylch gerddi'r ysbyty, neu am drip yn y car, a dangos rhaglenni teledu a ffilmiau iddi. Cafodd Kathy lawer o ymarferion i'w gwneud â'i llygaid, nes eu bod nhw'n gweithio'n dda.

'A dweud y gwir, Kathy,' meddai Dr Percival, 'mae eich llygaid chi'n well na fy rhai i. Dw i angen sbectol a dach chi ddim!'

Roedd Kathy wrth ei bodd yn gweld siapiau a lliwiau syml. Roedd hi'n gweld pethau cyffredin yn brydferth iawn – sgwariau du a gwyn ar fwrdd gwyddbwyll, siâp llaw, lliwiau blodau. Am y tro cyntaf yn ei bywyd, nid sŵn oedd yn rheoli popeth. Llenwodd ei meddwl â lliwiau a siapiau a llawenydd newydd sbon.

Ond yn fwy na dim, roedd Kathy'n hoffi gweld y gwahanol ffyrdd roedd pobl yn dangos eu teimladau gyda'u hwynebau. Roedd pob wyneb fel byd newydd, yn llawn pethau diddorol. Roedd pob gwên a phob gwg yn brydferth iddi hi.

* * *

Pan adawodd Kathy'r ysbyty, roedd hi'n teimlo fel tasai hi'n gadael cartre am y tro cyntaf. Roedd hi'n nerfus ond yn llawn cyffro, a'i chalon yn teimlo'n ysgafn wrth iddi agor y drysau a cherdded allan i fyd newydd sbon.

Wrth gwrs, roedd y papurau newydd wrth eu bodd â'r stori.

---

gwyddbwyll – *chess*

llawenydd – *joy*

gwg – *frown*

MEDDYG O GALIFFORNIA'N GWNEUD GWYRTHIAU.

GWELD AM Y TRO CYNTAF!

MAE KATHY PAGE YN GALLU GWELD! Meddyg yn perfformio llawdriniaeth anhygoel!

Roedd Woodrow Percival wedi trio cadw pethau'n dawel, o leiaf nes ei fod yn siŵr fod Kathy wedi gwella'n iawn ar ôl y driniaeth, ond roedd hi'n amhosib rhwystro'r newyddion rhag lledaenu. Cyn bo hir, roedd cwmnïau ffilm eisiau gwneud ffilm amdano, cyhoeddwyr am roi hanes ei fywyd mewn llyfr, a chylchgronau eisiau ei gyfweld. Roedd y byd gwyddonol eisiau ei longyfarch, a dynion busnes eisiau defnyddio ei syniadau.

Roedd dyfodol Dr Woodrow Percival yn edrych yn ddisglair iawn.

* * *

Roedd Kathy eisiau llonydd yn ei chartre.

Roedd hen ddigon iddi ei wneud yno. Am y tro cyntaf yn ei bywyd, gallai weld ei hoff bethau. Yn well na hynny, gallai weld ei ffrindiau gorau. Ac, wrth gwrs, ei chi bach, Trudy, oedd wedi gorfod aros adre tra oedd Kathy yng Nghaliffornia.

Sylweddolodd Kathy fod wynebau pobl yn cael effaith fawr ar ei theimladau. Teimlai fel tasai hi wedi colli rhywbeth mawr cyn iddi allu gweld emosiynau pobl heb iddyn nhw orfod dweud gair. Doedd hi ddim yn gwybod cyn hyn sut roedd gwên yn edrych, ac roedd gweld ei ffrindiau'n gwenu yn ddigon i wneud iddi fod eisiau crio gan lawenydd.

---

rhwystro – *to stop*

lledaenu – *to spread*

Ac wedyn dyna broblem y dillad oedd yn ei chwpwrdd. Cyn hyn, roedd hi wedi dibynnu ar chwaeth pobl eraill i wneud yn siŵr ei bod hi'n gyfforddus ond yn smart. Pan edrychodd yn ei chwpwrdd dillad, dim ond môr o ddu a gwyn oedd yna, a phrin ddim lliwiau o gwbl.

'Dw i isio cael gwared ar y cyfan,' meddai wrth dynnu'r dillad allan a'u taflu ar lawr. Penderfynodd y basai hi'n gwisgo dillad lliwgar bob dydd o hyn ymlaen. O'r diwedd, hi oedd yn cael dewis!

Trefnodd i fynd i siopa gyda Carla, ei hasiant, a Trudy'r ci tywys. Roedd hi'n dal yn anodd weithiau i Kathy ddeall pellter, ac roedd Trudy'n help mawr gyda hynny.

Cafodd Kathy sbort mawr yn dewis dillad, a chafodd syndod o weld mor dda roedd hi'n edrych yn ei gwisgoedd newydd. Roedd hi wrth ei bodd.

Wrth i Kathy dalu am y dillad, dywedodd Carla – oedd yn hoff iawn o ffasiwn, 'Wel, Kathy! Mae gen ti ddillad lliwgar iawn nawr – dw i wrth fy modd â'r steil newydd yma. Mae'n gweddu'n hyfryd i ti.'

Prynodd Kathy ddillad oedd yn wledd i'w llygaid. Edrychai ei hen ddillad yn ddiflas, a'r rhai newydd yn llachar a llawen. Roedd y lliwiau yn ddigon i'w gwneud hi'n hapus.

Gwyliodd Kathy lawer o deledu, er nad oedd hi wedi cael llawer o flas arno cyn hynny. Roedd popeth mor ddiddorol! Basai cyflwynwyr cwisiau a gemau a chantorion yn gwenu o hyd, a basai'r rhaglenni yna'n lliwgar iawn. Edrychai'r bobl yna mor garedig a gonest am eu bod nhw'n gwenu, er eu bod nhw wedi swnio'n dwp ac yn wirion cyn ei llawdriniaeth. Roedd y peth yn rhyfedd, ond roedd hi bron yn rhy hapus i feddwl am y peth. Bron.

Gallai Kathy freuddwydio mewn lliw nawr hefyd! Cyn hyn, roedd ei

---

yn wledd i'w llygaid – *a feast for the eyes*

cantorion – *singers*

breuddwydion yn llawn sŵn a lleisiau a cherddoriaeth. Ond nawr, gallai weld yn ei breuddwydion, ac roedd hi'n hapus iawn am hynny. Prynodd gamera a gwirioni ar y ffordd y gallai ddal lluniau, fel darnau o atgofion wedi rhewi.

Y peth nesaf oedd mynd i amgueddfa gyda Carla i weld paentiadau gan arlunwyr gwych – rhywbeth roedd hi wedi bod eisiau ei wneud erioed.

Roedd hi'n ysu am gael mynd. Roedd Kathy wedi arfer codi'n gynnar – roedd hi wrth ei bodd yn gweld lliwiau cynta'r bore – ac roedd hi'n bwriadu ymweld â chymaint o wahanol amgueddfeydd Llundain yn ystod y dydd. Erbyn hanner awr wedi wyth y bore, roedd hi wedi cael ei brecwast, wedi gwisgo, ac roedd hi'n barod i fynd. Canodd cloch y drws.

Atebodd Kathy'r drws, gan ddisgwyl gweld Carla. Ond nid Carla oedd yno, ond dyn ifanc oedd yn gwenu arni'n garedig. Am wên hyfryd, meddyliodd Kathy.

'Helô, Miss Page. Dan ni wedi cyfarfod o'r blaen, yn y stiwdio deledu. Mike Dean ydw i.'

* * *

Dyma oedd y tro cyntaf i Kathy fynd i stiwdio ers ei llawdriniaeth. Penderfynodd beidio gweithio am flwyddyn o leiaf, beth bynnag fasai'n digwydd gyda'r driniaeth. Roedd hi wedi bod yn meddwl ysgrifennu llyfr am ei bywyd – basai hynny'n sialens, ac roedd Kathy'n hoffi sialens.

Ond roedd ganddi sialens newydd nawr – roedd hi wedi cael ei rhaglen deledu ei hun gan Mike Dean. Roedd e mor benderfynol i'w chael hi, meddai

---

gwirioni – *to be delighted, thrilled*

Mike, fel ei fod e wedi gorfod dod draw i'w thŷ y bore hwnnw. Roedd e'n gwbl annisgwyl – mae'n siŵr y basai Kathy wedi gwrthod siarad ag e fel arall. Penderfynodd ei bod hi'n hoffi'r ffaith ei fod e mor benderfynol.

Doedd hi ddim wedi cymryd fawr o sylw o Mike Dean cyn y llawdriniaeth – a dweud y gwir, roedd hi'n cofio meddwl ei fod e'n swnio braidd yn ffug. Ond mae'n rhaid ei bod hi wedi camddeall y dyn. Cynigiodd raglen deledu iddi lle y gallai Kathy gyfweld â phobl oedd yn y newyddion. Edrychai mor gyffrous a hapus wrth drafod y peth, penderfynodd Kathy y basai'n rhaid iddi feddwl am y cynnig, o leiaf. Ac roedd ganddo wên mor hyfryd! Dannedd gwyn, syth, heblaw am un dant aur yn yr ochr, oedd yn denu llygad Kathy. A'i lygaid! Doedd Kathy ddim wedi sylweddoli cyn hynny bod llygaid yn gallu bod mor ... lliwgar! Roedd ei lygaid yn lliw glas prydferth, gydag ambell linell goch fain o gwmpas y rhannau gwyn. Penderfynodd Kathy wneud y rhaglen deledu. Dim ond un, i weld sut brofiad oedd hynny.

* * *

Dri mis yn ddiweddarach, roedd y rhaglen yn barod ac ar fin dechrau. Roedd Kathy wedi dod i arfer â'r holl bethau oedd yn digwydd mewn stiwdio deledu: y goleuadau, yr holl bobl, ac, wrth gwrs, y gynulleidfa oedd yn aros yn llawn cyffro i gael gwylio'r rhaglen gyntaf. Arhosodd Kathy yn y cefn yn yfed te ac yn gwisgo ei dillad lliwgar newydd. Roedd hi'n darllen nodiadau Braille gyda'i bysedd – roedd hynny'n dal yn haws iddi na darllen geiriau – am ei gwestai cyntaf, actor o'r enw Archie Mason. Roedd e wedi ysgrifennu llyfr am ei fywyd ac wedi sôn ynddo am ei

---

annisgwyl – *unexpected*

main – *fine, thin*

wragedd, ei gariadon a'r holl actorion enwog roedd e wedi eu hadnabod. Soniodd am fanylion eu bywydau personol, ac roedd hynny, wrth gwrs, wedi gwneud yn siŵr y basai'r llyfr yn gwerthu'n dda. Teimlai Kathy mai celwydd oedd llawer o'r llyfr, ac roedd hi'n benderfynol o ddefnyddio'r cyfweliad i'w gael e i ddweud hynny.

Pan ddechreuodd y rhaglen, cafodd Kathy groeso cynnes. Roedd y gynulleidfa'n hapus i'w chael hi'n ôl, er bod rhai yn synnu ei gweld hi'n gwisgo dillad mor lliwgar. Cyflwynodd hi Archie Mason, a cherddodd yr actor i mewn i'r set. Dyn canol oed oedd e, gyda gwallt tywyll a mwstás, ac roedd e'n gwisgo siwt las smart, tei goch a chrys gwyn. Roedd e'n ddyn golygus, ac yn gwybod hynny hefyd wrth wenu ar y gynulleidfa gan ddangos ei ddannedd perffaith, a chodi ei law gan ddangos yr oriawr aur oedd ar ei arddwrn. Trodd at Kathy gan wenu, a rhoi sws fach iddi cyn eistedd.

Am wên hyfryd, meddyliodd Kathy wrth iddi sylwi ar ei ddannedd gwyn, syth. Roedd hi'n hoffi gweld y gwahanol ffyrdd roedd pobl yn gwenu.

Dechreuodd Kathy drwy holi Archie am y straeon anodd eu credu yn ei lyfr.

'Wir i ti, Kathy, does dim gair o gelwydd yn fy llyfr i. Wir!' Gwenodd Archie arni'n llydan. Gallai Kathy glywed yn ei lais ei fod e'n dweud celwydd, ond roedd ei wyneb caredig, gonest fel tasai e'n dweud y gwir. Roedd ei phen yn dweud wrthi am wrando ar y llais, ond roedd ei chalon yn mynnu edrych ar y wên. Oedd dyn â gwên mor hyfryd yn gallu dweud celwydd? Am y tro cyntaf erioed mewn cyfweliad, roedd Kathy'n amau ei hun. Penderfynodd gredu Archie.

O'r eiliad honno, doedd Kathy ddim yn gallu ymddiried ynddi hi ei hun.

---

garddwrn – *wrist*

ymddiried – *to trust*

Edrychai i'r gynulleidfa fel tasai Archie'n rheoli'r cyfweliad, nid Kathy. Cyn belled â'i fod e'n gwenu, gallai Archie ddweud unrhyw beth. Y cyfan wnaeth Kathy oedd nodio a chytuno ag e, gan ddweud 'Ie!' neu 'Wir?' wrtho. Nid dyma roedd y gynulleidfa wedi bod yn ei ddisgwyl. Ble roedd yr hen Kathy Page wedi mynd? Dylai hi fod yn gwybod sut i gyfweld â hen gelwyddgi hunanbwysig fel hwn.

Ei gwestai nesaf oedd gwleidydd oedd wedi torri sawl addewid a wnaeth e cyn yr etholiad. O leiaf, meddyliodd pawb, basai Kathy'n gallu sortio hwnnw; roedd hi wedi hen arfer â phobl fel fe. Ond roedd y gwleidydd wedi bod yn paratoi. Edrychai fel bachgen ifanc, er ei fod e dros ei ddeugain oed. Ond yn fwy na dim, roedd ganddo wên garedig. Doedd gan Kathy ddim syniad beth i'w wneud o'r gwahanol signalau roedd hi'n eu cael gan y dyn yma: roedd ei lais yn dweud celwydd, ond ei wyneb yn mynnu mai dyn gonest oedd e. Doedd Kathy ddim yn gallu penderfynu beth i'w wneud. Roedd hi'n gwybod y dylai fod wedi gofyn mwy o gwestiynau, ond doedd ganddi ddim hyder i wneud hynny. Roedd hi'n rhy araf, a'r gwleidydd yn rhy gyflym.

Ar ôl y rhaglen, cafodd Kathy wybod ei bod hi wedi methu. Roedd hi'n teimlo'n ofnadwy. Doedd e ddim yn syndod iddi pan glywodd na fasai'r rhaglen yn digwydd eto.

Chlywodd hi'r un gair gan Mike Dean wedi hynny.

* * *

Ysgrifennodd Kathy ei hunangofiant bron yn syth ar ôl y rhaglen deledu. Fe gymerodd hynny flwyddyn, bron, ond roedd yn llwyddiant mawr,

---

celwyddgi hunanbwysig –
self-important liar

hunangofiant – *autobiography*

ac fe wnaeth Kathy ddigon o arian o werthu'r llyfr. Unwaith eto, roedd hi'n boblogaidd. Gofynnodd rhywun iddi eto wneud rhaglen deledu, ond gwrthod wnaeth Kathy. Doedd hi ddim eisiau gwneud hynny eto! Penderfynodd hi fynd 'nôl i weithio ar y radio, a chyn bo hir, cafodd ei hen raglen radio yn ôl.

Roedd Kathy'n ysu am gael dangos i'w hen ffans ei bod hi gystal ag o'r blaen. Dewisodd y gwleidydd o'i rhaglen deledu fel y gwestai cyntaf. Wrth gwrs, roedd hwnnw'n disgwyl ei chael hi'n hawdd i'w thwyllo. Gwenodd ar Kathy dros y bwrdd, ond wnaeth y wên ddim para'n hir.

'Atgoffwch ni, os gwnewch chi, am eich addewid chi i leihau diweithdra.'

Dechreuodd y gwleidydd siarad. 'Wrth gwrs, Kathy, ond mae'n rhaid i chi ddeall fod y pethau yma'n cymryd amser hir ...'

'Ydyn nhw? Dim dyna oeddech chi'n ddweud ychydig wythnosau 'nôl ...'

Ac ymlaen â hi, gan restru ei holl addewidion cyn esbonio sut roedd e wedi eu torri nhw i gyd. Clywodd yr holl wrandawyr ei fod e'n gelwyddgi, yn union fel roedd Kathy wedi amau.

Wrth i'r gwleidydd adael, tynnodd Kathy'r sgarff ddu roedd hi wedi ei lapio o gwmpas ei llygaid.

Roedd Kathy Page, brenhines y cyfweliadau a'r seren radio, yn ôl!

---

para – *to last*

diweithdra – *unemployment*

rhestru – *to list*

Cyffyrddiad Ysgafn

Roedd cyffyrddiad y nodwydd mor ysgafn â phluen yn llaw Mr Lo wrth iddo'i gwthio drwy glust Jamie. Synnodd Jamie nad oedd poen, dim ond ychydig o gosi. Dim yn ddrwg o gwbl. Wnaeth e ddim cwyno wrth i ddwy nodwydd arall gael eu gosod yn eu llefydd. Yna, dyma wneud yr un fath yn ei glust dde. Cafodd Jamie ei adael am ychydig i'r nodwyddau gael gwneud eu gwaith. Edrychodd Mr Lo drwy gylchgrawn, wrth i Jamie syllu drwy'r ffenestr o'i gadair.

Gwelodd haul disglair, lliwiau llachar a strydoedd gyda choed a blodau hardd. Gwelodd ymwelwyr yn prynu bwyd blasus o stondinau bach ar y stryd. Gwelodd siopau'n gwerthu popeth o sosbenni a llestri i deganau bach papur, y cyfan i'w gweld yn ffenestri mawr y siopau bach. Roedd hysbysebion mawr aur a choch yn dweud am yr ŵyl nesaf. Roedd pawb yn gwisgo eu dillad haf, a hetiau mawr i warchod eu hunain rhag yr haul.

Meddyliodd Jamie am yr hyn roedd e'n edrych arno'r amser yma wythnos neu ddwy yn ôl. Roedd yr olygfa o ffenestri ei swyddfa'n cynnwys awyr lwyd, aeafol, strydoedd prysur, gwlyb ac ambell goeden heb ddail ar

cyffyrddiad – *touch*	**cosi** – *to scratch, to itch*
nodwydd(au) – *needle(s)*	**stondin(au)** – *stall(s)*
pluen – *feather*	**gaeafol** – *wintry*

strydoedd Llundain. Am bump o'r gloch y prynhawn, basai wedi bod yn edrych ymlaen at ddiwedd ei ddiwrnod gwaith yn y coleg bach lle roedd e wedi bod yn dysgu Busnes ers deg mlynedd. Basai'n goleuo ei ugeinfed sigarét ers amser brecwast, ac yn edrych ymlaen at gwpanaid arall o goffi cryf cyn mynd adre i'r fflat unig. Am fywyd diflas! Roedd popeth wedi teimlo mor llwyd.

Ac roedd popeth mor wahanol nawr!

Teimlai Jamie Russell mor falch ei fod e wedi symud i Singapore.

Penderfynodd roi'r gorau i ysmygu, gydag ychydig o help gan Mr Lo yn y ganolfan aciwbigo. Roedd e wedi trio rhoi'r gorau iddi ers blynyddoedd, ond basai rheswm bob tro i barhau, fel pwysau gwaith neu ddiwedd perthynas arall gyda rhyw gariad. Ond roedd e'n benderfynol y tro yma. Basai ei fywyd fel darlithydd mewn coleg yn Singapore yn ddechrau newydd. Ac roedd hi'n gwneud synnwyr perffaith i drio aciwbigo, rhywbeth oedd wedi bod yn help i bobl y dwyrain ers dros ddwy fil o flynyddoedd.

Mae aciwbigo'n cynnwys nodwyddau bach yn cael eu rhoi i mewn i rai mannau arbennig ar y corff sydd, yn ôl rhai, yn fannau pwysig lle mae egni o'r enw *chi* yn llifo. Mae'r nodwyddau'n helpu i'r *chi* lifo'n iawn. Maen nhw'n dweud fod salwch neu arferion drwg yn gallu rhwystro'r *chi* rhag llifo, ac mae aciwbigo yn gwella hyn.

Ddeng munud yn ddiweddarach, tynnodd Mr Lo'r nodwyddau o glustiau Jamie. Cododd Jamie, ac ymestyn ei freichiau. Doedd e ddim yn gwybod beth oedd y cysylltiad rhwng ei glustiau ac ysmygu, ond roedd e'n ymddiried yn Mr Lo.

---

aciwbigo – *acupuncture*

darlithydd – *lecturer*

arfer(**ion**) – *habit(s)*

'Sut dach chi'n teimlo nawr, Mr Russell?' gofynnodd Mr Lo. Roedd e'n ddyn byr, tua chwe deg mlwydd oed, ac roedd yn rhaid iddo edrych i fyny i siarad â Jamie. 'Dach chi'n dal i ysu am sigarét?'

Er mawr siom i Jamie, roedd e'n dal i fod eisiau sigarét, ond roedd e'n rhy swil i gyfaddef hynny. Trefnodd i fynd 'nôl am fwy o driniaeth mewn tri diwrnod. Yn y cyfamser, cafodd becyn o bowdr ofnadwy yr olwg, a chyfarwyddiadau i'w yfed mewn dŵr poeth pan oedd e adre.

'Bydd e'n helpu gyda'r *chi*,' esboniodd Mr Lo.

Ar ôl mynd adre a blasu'r ddiod, bron i Jamie ei phoeri allan. Roedd hi'n blasu fel mwd. Ond roedd yn benderfynol o'i hyfed i gyd, felly dyna wnaeth e. Fel arfer, basai'n ymateb i brofiad diflas fel yna drwy gael sigarét, ond er mawr syndod iddo, doedd hynny ddim yn apelio ato'r tro yma. Roedd e'n dal i fod eisiau un, ond heno, doedd e ddim yn teimlo y basai'n mynd yn wallgof heb gael un. Gallai ymdopi'n iawn.

Dros y tri diwrnod nesaf yn y coleg, dim ond pedair sigarét gafodd e, yn lle pecyn bob dydd. Teimlai'n euog ar ôl pob un. Fel arfer, basai'n byw ar ei nerfau tasai awr yn mynd heibio heb iddo gael sigarét. Oedd y driniaeth aciwbigo'n gweithio? Roedd hi'n edrych felly.

Ar ei ymweliad nesaf, gwnaeth Mr Lo yr un peth eto. Roedd Jamie'n credu bod y canlyniadau'n anhygoel. Ar ôl yr ail ymweliad, doedd e ddim yn teimlo ei fod e'n ysu am sigarét o gwbl. Yfodd y powdr ofnadwy, rhag ofn, ond ddaeth yr angen am sigarét ddim yn ôl. A dweud y gwir, roedd meddwl am ysmygu yn gwneud iddo deimlo braidd yn sâl nawr.

Roedd yr aciwbigo wedi gweithio. Teimlai Jamie'n chwilfrydig i wybod mwy amdano. Beth arall allai e'i wneud? Os oedd e'n gallu gwneud i

---

yn y cyfamser – *in the meantime*

cyfarwyddiadau – *instructions*

chwilfrydig – *curious*

rywun roi'r gorau i arferion drwg, a fasai e'n gallu annog rhywun i gael arferion da?

Penderfynodd gael sgwrs â Mr Lo.

* * *

Roedd swydd newydd Jamie'n ei blesio. Roedd e'n hoff o'r myfyrwyr, ac roedd hi'n edrych fel tasen nhw'n hoff ohono fe. Teimlai'n effro o hyd ac yn llawn bywyd. Doedd dim ots ganddo fe am farcio llawer o lyfrau a pharatoi gwersi na'r cyfafodydd hir, oedd wedi teimlo mor ddiflas yn ôl yn Llundain.

Sylwodd hefyd fod dim llawer o bobl leol yn ysmygu. Cyn hyn, doedd fawr o ots ganddo fe, dim ond ei fod e'n cael sigarét. Ond dechreuodd sylweddoli mor ofnadwy oedd yr hen bethau drewllyd. A dweud y gwir, roedd Jamie wedi dechrau meddwl fod ysmygu yn beth ffiaidd.

Dechreuodd drio peidio ag yfed y coffi cryf oedd wedi bod yn rhan mor amlwg o'i fywyd dros y blynyddoedd. A rhoddodd y gorau i yfed alcohol hefyd.

I Mr Lo a'i nodwyddau bach roedd y diolch i gyd.

Roedd Jamie'n ymweld â'r clinig aciwbigo bob wythnos. Dechreuodd edrych ymlaen at y teimlad o gael y nodwyddau bach yn ei gnawd. Roedd yn mwynhau eistedd yn dawel yn y gadair wrth i'r nodwyddau wneud eu gwaith, ac roedd yn mwynhau syllu drwy'r ffenestr a meddwl gymaint roedd ei fywyd wedi newid.

Roedd Jamie'n dechrau dod i adnabod Mr Lo yn dda. Roedd yn ei holi

---

annog – *to encourage*

ffiaidd – *horrible*

cnawd – *flesh*

am aciwbigo ac am driniaethau eraill o'r dwyrain. Cafodd ei synnu gan yr holl wybodaeth oedd gan Mr Lo. Roedd Mr Lo wedi bod yn astudio aciwbigo am y rhan fwyaf o'i fywyd. Doedd e ddim mor ifanc ag roedd e'n edrych – roedd e'n llawer hŷn. Oedd e'n edrych yn ifanc oherwydd yr holl sgiliau oedd ganddo fe? Roedd Jamie'n ysu am gael dysgu mwy. Efallai y basai e'n dod i wybod mwy, ac y basai'n gallu defnyddio rhai o'r triniaethau o'r dwyrain ei hun! Pam lai? Gofynnodd Jamie i Mr Lo ble y basai'n gallu astudio aciwbigo. Roedd wrth ei fodd pan gynigiodd Mr Lo ddysgu Jamie ei hun, a hynny am dâl rhesymol iawn. Cytunodd Jamie. Cafodd y gwersi eu trefnu a gwnaeth Jamie'n siŵr nad oedd e byth yn colli gwers.

Roedd e'n fyfyriwr cydwybodol.

* * *

Llwyddodd aciwbigo i gael gwared ar arferion drwg Jamie. Dechreuodd feddwl na fasai ganddo fe unrhyw arferion drwg ar ôl i'w drin! Ar ôl ychydig, teimlai Jamie y gallai ddechrau trin ei hun – gwella ei hun. Doedd e ddim am i Mr Lo wybod am hyn, rhag ofn i'r hen ŵr ypsetio. Wedi'r cyfan, efallai y basai'n meddwl fod Jamie'n dangos diffyg parch tasai e'n stopio mynd ato am driniaeth. A beth bynnag, efallai na fasai Mr Lo'n hoffi'r syniad fod Jamie'n trin ei hun. Roedd ganddo syniadau am aciwbigo a thriniaethau eraill o'r dwyrain oedd yn swnio'n ofnadwy o hen ffasiwn i Jamie.

Un noson, yn ystod gwers, gofynnodd Jamie i Mr Lo beth allai e'i wneud i'w helpu ei hun i fod yn fwy clyfar, ac i feddwl mewn ffordd fwy cymhleth.

---

rhesymol – *reasonable*

cydwybodol – *conscientious*

dangos diffyg parch – *to be disrespectful*

cymhleth – *complex*

'Pam faset ti eisiau gwneud hynny?' gofynnodd Mr Lo, er mawr syndod i Jamie.

'Wel ... Ym ... Er mwyn gallu gwneud fy ngwaith yn well,' atebodd Jamie.

'Ond rwyt ti'n dda iawn am wneud dy waith yn barod, faswn i'n dweud,' dywedodd Mr Lo. 'Ac mae gen ti ymennydd da, mi fedra i weld hynny. Mae'n rhaid cael cydbwysedd rhwng corff a meddwl – pam sbwylio hynny drwy newid ymennydd sydd yn un da yn barod? Na, fy ffrind, mae'r *chi* i fod i helpu cydbwysedd meddwl a chorff. Paid â cholli'r cydbwysedd yna. Be sy'n digwydd pan fydd rhywun yn colli cydbwysedd? Dan ni'n cwympo!' A dechreuodd chwerthin.

Gwenodd Jamie. Roedd e'n hoff o Mr Lo. Ond hen ddyn oedd e, gyda hen syniadau. A doedd Jamie ddim yn cytuno gydag e am bopeth.

* * *

Tri deg pedair blwydd oed oedd Jamie Russell. Roedd e'n dal yn sengl, er ei fod e'n gobeithio y basai e'n cwrdd â'r 'ferch iawn' ryw ddydd. Ond doedd dim rhamant yn ei fywyd. Roedd ei swydd yn mynd â'i holl amser ac egni. Roedd e wedi bod yn anhapus a heb fyw yn iach. Ond roedd hynny yn y gorffennol.

Nawr, dim ond blwyddyn ar ôl iddo ddechrau astudio aciwbigo, teimlai Jamie'n heini ac yn hapus am y tro cyntaf. Doedd e ddim yn ysmygu nac yn yfed alcohol erbyn hyn. Doedd e ddim yn yfed coffi. Yr unig beth roedd e'n ei yfed, heblaw am ddŵr, oedd te. Edrychai ei gorff yn gyhyrog ac yn iach, ac roedd ei wallt yn sgleinio'n dywyll braf.

---

cydbwysedd – *balance*

sbwylio – *to spoil*

rhamant – *romance*

Roedd hi'n drueni am Mr Lo. Pam roedd yr hen ŵr mor flin fod Jamie'n gwneud mor dda? Doedd Jamie ddim yn gweld bod unrhyw beth o'i le ar wella ei hun – efallai, hyd yn oed, y gallai wneud ei hun yn well na phobl eraill. Beth oedd y broblem? Pan ddywedodd Jamie ei fod eisiau defnyddio ei *chi* i ddylanwadu ar ei fyfyrwyr fel na fydden nhw byth yn anghofio'r pethau roedd e'n eu dweud, gwrthododd Mr Lo ei helpu mwy.

'Fedri di ddim gwneud y peth ffôl yma!' dywedodd Mr Lo wrth Jamie. 'Mae'n effeithio ar lwybr naturiol y *chi* – mae'n mynd yn erbyn popeth dw i wedi ei ddysgu i ti! Os wyt ti'n mynnu aros ar y llwybr yma, wna i ddim dysgu mwy i ti!'

Roedd hi'n amlwg i Jamie fod Mr Lo, yr athro, yn teimlo'n eiddigeddus o'i ddisgybl. Roedd hynny'n drist ond efallai mai dyna oedd y peth gorau. Stopiodd Jamie ymweld â Mr Lo. Roedd e wedi dysgu digon – digon, o leiaf, i wybod y basai'n rhaid iddo ddod o hyd i wahanol ffyrdd o ddatblygu ei sgiliau.

Doedd defnyddio nodwyddau ddim yn bosib bob amser. Fedrai e ddim eu defnyddio yn y gwaith neu pan oedd e'n teithio. Weithiau, basai Jamie eisiau gwella ei *chi* iddo gael teimlo'r egni ychwanegol yna. Allai e ddim ymestyn am ei nodwyddau tra oedd e yn y gwaith neu ar y bws! Na, nid aciwbigo oedd yr ateb bob tro – ond beth am aciwbwyso?

Doedd dim angen nodwyddau gydag aciwbwyso. Defnyddio ffyn bach, neu'n well fyth, y bysedd, i bwyso ar bwyntiau *chi* y corff sy'n rhaid ei wneud. Mae'r pwyntiau yr un fath â phwyntiau aciwbigo, felly doedd Jamie ddim yn teimlo fod yn rhaid iddo ddechrau dysgu o'r dechrau. Basai'n gallu dysgu am aciwbwyso mewn dim o dro. Fasai dim angen

---

ffôl – *stupid*

eiddigeddus – *jealous*

aciwbwyso – *acupressure*

athro arno – gallai ddysgu ei hun. Pam lai?

Felly dyna a wnaeth Jamie. Astudiodd bob llyfr y gallai ddod o hyd iddo ar y pwnc, a phob gwefan aciwbwyso ar y we. Dysgodd sut i roi triniaeth aciwbwyso iddo fe'i hun heb ddenu sylw, oedd yn gwbl amhosib wrth ddefnyddio nodwyddau.

Cyn bo hir, gwelodd Jamie y gallai wneud ei holl waith coleg yn chwarter yr amser roedd e'n arfer ei gymryd iddo. Roedd ganddo ddeg gwaith yr egni oedd ganddo o'r blaen. Digon o egni iddo allu gweithio ar wella ei hun.

Dechreuodd pobl siarad amdano – am ei allu i weithio'n galed heb flino o gwbl. Roedd pobl yn garedig wrtho bob amser, ac roedd e'n ddyn poblogaidd iawn gyda'r staff a'r myfyrwyr, er ei fod yn cael ei adnabod fel dyn oedd â disgwyliadau uchel o'i fyfyrwyr. Gadawodd ambell fyfyriwr y cwrs am nad oedden nhw'n gallu ymdopi â'r gwaith. Roedd hyn yn drueni, ond roedd rhaid cynnal y safonau.

Er nad oedd ei ddiddordeb yn niwylliant y dwyrain yn gyfrinach, doedd Jamie ddim yn sôn amdano'n aml. Roedd pawb yn edmygu'r dyn yma oedd yn llawn brwdfrydedd am ei waith, ac roedd hi'n braf gweld dyn o'r gorllewin yn dangos diddordeb yn niwylliant y dwyrain.

Dechreuodd pobl feddwl amdano fel dyn oedd yn gwybod popeth. Roedd ei fyfyrwyr yn mynd ato i ofyn am gyngor yn lle mynd at arbenigwyr. Fasai Jamie byth yn gofyn am dâl. Unwaith, ar ôl iddo drin cur pen un o'i fyfyrwyr gan ddefnyddio aciwbwyso, cafodd neges yn gofyn iddo fynd i swyddfa pennaeth y coleg, a ddywedodd wrth Jamie fod yn rhaid iddo adael y math yna o beth i bobl oedd â'r cymwysterau cywir.

---

disgwyliadau uchel – *high expectations*

cynnal – *to maintain*

brwdfrydedd – *enthusiasm*

cymwysterau – *qualifications*

Gwnaeth Jamie'n siŵr nad oedd e'n gwneud yr un camgymeriad eto.

* * *

Yn fuan wedi hyn, gofynnodd Adrian Tong, y darlithydd Ffiseg, a oedd diddordeb gan Jamie mewn Tai Chi. Dyn caredig, smart, tua'r un oed â Jamie oedd Adrian. Roedd e'n aelod poblogaidd o staff y coleg am ei fod e wastad yn barod i helpu pawb. Soniodd wrth Jamie am Tai Chi un diwrnod wrth baratoi i fynd adre.

Roedd diddordeb gan Jamie. Roedd e wedi clywed am Tai Chi, sef ymarferion araf oedd yn datblygu'r *chi* ac yn ei gryfhau. Roedd yn gweld pobl yn y parc bob bore yn gwneud yr ymarferion, yn symud eu breichiau a'u coesau fel coed mewn awel ysgafn. Roedd un o'r bobl yma – menyw ifanc – wedi dal sylw Jamie.

Edrychai fel ffordd dda iawn o ymlacio.

'Mae fy ewythr i yn feistr ar Tai Chi,' meddai Adrian. 'Dw i'n siŵr y basai wrth ei fodd yn cael myfyriwr brwd fel ti.'

Ac felly, aeth Jamie i astudio gyda Mr Tong.

Dyn main oedd yn edrych yn ifanc iawn oedd Mr Tong, er ei fod ymhell dros chwe deg oed a dweud y gwir. Cafodd syndod o sylweddoli cymaint roedd Jamie'n ei wybod am ddiwylliant y dwyrain, a chytunodd i'w ddysgu gyda'i fyfyrwyr eraill, saith deg tri ohonyn nhw, oedd yn cwrdd wrth i'r haul godi bob dydd yn y parc. Doedd dim ots gan Jamie am hynny – basai'n ffordd dda o ddechrau'r dydd.

Aeth i'w wers gyntaf y bore wedyn.

---

awel – *breeze*

diwylliant – *culture*

Roedd y parc yn ymyl rhes o siopau. Roedd y ffordd yn brysur gyda lorïau'n cario nwyddau ar ddechrau'r dydd, fel papurau newydd, llysiau a phopeth arall oedd ei angen ar y siopau. Roedd dosbarth Mr Tong wedi dechrau ers ugain munud pan ddaeth sŵn brêcs lorri drwy'r awyr. Plentyn oedd wedi rhedeg o flaen y lorri. Trodd y lorri'n sydyn a chwympo ar ei hochr, gan wasgu'r gyrrwr, oedd wedi ceisio neidio allan. Roedd y cerbyd yn gorwedd ar goesau'r gyrrwr, ac roedd hwnnw nawr yn gweiddi mewn poen.

I Jamie, roedd yr hyn a ddigwyddodd nesaf yn anhygoel. Rhedodd Mr Tong at y lorri, cymryd anadl ddofn a rhoi ei ddwylo ar y cerbyd. Beth yn y byd roedd yr hen ddyn yn ei wneud? Er nad oedd y lorri'n un fawr iawn, roedd hi'n llawer rhy drwm i'w gwthio o'r ffordd fel bocs gwag.

Ond llwyddodd Mr Tong i godi'r lorri!

Rhuthrodd pobl draw i symud y gyrrwr o'r ffordd wrth i Mr Tong ddal y lorri i fyny. Pan oedd y gyrrwr yn saff, rhoddodd yr hen ŵr y lorri i lawr unwaith eto.

Eisteddodd Mr Tong am ychydig, ei wyneb yn goch, ond roedd e'n iawn. Chafodd Jamie ddim amser i siarad ag e, gan fod angen ei sgiliau aciwbwyso ar yrrwr y lorri. Eisteddodd gyda'r dyn, druan, a thrio helpu ei boen nes bod yr ambiwlans yn cyrraedd. Sylwodd Jamie ar ferch ifanc wrth ei ymyl. Hi oedd yr un dynnodd ei sylw yn y dosbarth Tai Chi. Roedd hi'n siarad â'r gyrrwr, gan drio ei helpu i ymlacio. Edrychodd y ferch ifanc i fyny ar Jamie am eiliad, a gwenu arno, cyn gadael yn sydyn i nôl mwy o help.

Pan ddaeth yr ambiwlans, sylwodd Jamie fod y dosbarth Tai Chi wedi ailddechrau. Symudai'r myfyrwyr yn araf wrth wylio Mr Tong.

---

cerbyd – *vehicle*

* * *

Y diwrnod wedyn, aeth Jamie i'r wers Tai Chi yn gynnar. Roedd e eisiau siarad â Mr Tong cyn i'r dosbarth ddechrau. Gwelodd Jamie'r hen ŵr yn ymestyn ei gorff dan un o'r coed. Gwenodd Mr Tong arno.

'Mae'n well gen i ymarfer yn agos at goeden,' meddai. 'Mae coed yn dda iawn i'r *chi*.'

Syllodd Jamie arno. Oedd hi'n bosib fod y dyn yma wedi symud y lorri ar ei ben ei hun? Gwelodd Mr Tong yr olwg ar wyneb Jamie, ac roedd e'n gwybod yn iawn beth oedd ar ei feddwl.

'Does dim angen i ti synnu cymaint am yr hyn ddigwyddodd ddoe. Mae'n rhaid dy fod di'n gwybod o dy holl waith fod *chi* yn gallu bod yn help ymarferol, yn ffordd o ddod o hyd i gryfder yn y meddwl a'r corff.'

'Wel wrth gwrs, ond wnes i ddim meddwl fod ...' dechreuodd Jamie.

Unwaith eto, dyfalodd Mr Tong beth roedd Jamie ar fin ei ddweud. 'Wnest ti ddim meddwl y basai Tai Chi yn gallu eich gwneud chi mor gryf?'

'Wel ... Yn union,' atebodd Jamie.

'Edrych,' meddai Mr Tong.

Gwyliodd Jamie wrth i'r hen ŵr wneud un o'r symudiadau mwyaf cymhleth ar y cyflymder arferol. Roedd yn cynnwys symudiadau a oedd yn edrych fel cicio a tharo araf a hardd.

'Ac eto,' meddai Mr Tong.

Y tro hwn, gwnaeth y symudiad yn llawer mwy cyflym. Symudodd Mr Tong yn sydyn a phwerus, ac roedd e'n ddigon i fynd ag anadl Jamie. Doedd dim byd yn ysgafn am hyn!

---

ymarferol – *practical*

'Un ochr yn feddal, yr ochr arall yn galed. Mae'r ddau'r un fath, a'r ddau yn rhan o'r *chi*. Wyt ti'n deall?'

'Dw i'n meddwl 'mod i,' meddai Jamie.

'Fe wnest ti ddefnyddio ochr feddal y *chi* er mwyn lleddfu poen y gyrrwr lorri. Mae hynny'n dda. Dan ni'n dau'n defnyddio'r *chi* pan fydd angen. Dyna ydy cydbwysedd. Ac mae cydbwysedd yn bwysig. Iawn?'

Nodiodd Jamie. Roedd e wedi gweld rhywbeth fasai'n aros yn ei feddwl am byth. Roedd e wedi gweld cryfder a meddalwch.

Yn ogystal â hynny, roedd e wedi gweld pŵer, ac roedd hynny'n beth prydferth iawn yn ei feddwl e.

* * *

Ychydig fisoedd ar ôl sgwrs Mr Tong a Jamie, daeth Adrian at Jamie am sgwrs. Roedd y ddau'n sgwrsio'n aml ar ôl gwaith.

'Mae fy ewythr yn dweud mai ti ydy un o'i fyfyrwyr gorau,' meddai Adrian.

'Ond dw i ddim ond wedi bod yn mynd i'r dosbarth ers ychydig fisoedd!' atebodd Jamie.

'Yn union! Mae e'n dweud dy fod di wedi dysgu mwy mewn ychydig fisoedd nag mae'r rhan fwyaf yn ei wneud mewn blynyddoedd. Sut wyt ti'n ei wneud e, Jamie?'

'Lwcus, am wn i,' atebodd Jamie. Chwerthin wnaeth y ddau, ond wnaeth Jamie ddim esbonio mwy, er nad oedd e'n deall pam yn iawn.

Roedd Adrian yn rhy gwrtais i holi mwy.

---

lleddfu – *to soothe*

cwrtais – *polite*

Treuliodd Jamie'r rhan fwyaf o'i amser yn astudio ac yn ymarfer ei sgiliau. Roedd e'n defnyddio aciwbwysau neu nodwyddau i helpu ei *chi*. Roedd angen mwy o egni arno os oedd e am wneud yr holl bethau oedd yn ei feddwl. Ac roedd llawer iawn o bethau yn ei feddwl.

Yn fwy na dim, roedd Jamie eisiau pŵer. Roedd e am i bŵer y *chi* lenwi ei gorff. Wnaeth e ddim gofyn pam roedd e eisiau hynny, na chwestiynu a oedd e'n beth doeth. Mwyaf yn y byd roedd e'n gweithio, mwyaf yn y byd roedd arno ei eisiau.

Ond er i'w bŵer dyfu, doedd e ddim yn fwy doeth.

Roedd Jamie'n dal i wneud yn dda yn y coleg. Fe oedd pennaeth yr Adran Fusnes erbyn hyn. Roedd y tri darlithydd arall yn yr adran yn hoff iawn ohono, ond roedd ganddo safonau mor uchel. Ro'n nhw'n aml yn trio deall sut roedd un person yn gallu gweithio mor galed. Er mor galed roedd y lleill yn gweithio, roedd Jamie'n llwyddo i wneud mwy.

Dechreuodd adran Jamie gael ei hadnabod fel un o'r llefydd oedd yn cael y canlyniadau gorau. Ond roedd ei fyfyrwyr yn teimlo ei bod hi bron yn amhosib gwneud y gwaith roedd e'n ei ddisgwyl. Hynny yw, os oedden nhw hefyd eisiau bwyta a chysgu.

Dechreuodd Jamie sylweddoli bod ei safonau uchel yn dechrau mynd yn ormod i'w staff a'i fyfyrwyr. Penderfynodd y basai'n rhaid gwneud rhywbeth am hynny. Wrth gwrs! Beth am i bawb ymuno â dosbarthiadau Tai Chi Mr Tong?

Roedd Jamie'n llawn cyffro wrth feddwl am ei staff a'i fyfyrwyr yn ymuno â'r dosbarthiadau bob bore. Wnaeth e ddim stopio i feddwl efallai fod ganddyn nhw bethau eraill i'w gwneud; teuluoedd, neu gartrefi i ofalu amdanyn nhw, neu swyddi eraill i'w gwneud.

Doedd Jamie ddim wedi teimlo mor gyffrous â hyn ers blynyddoedd. Fel arfer, roedd e'n gallu rheoli ei deimladau. Basai e'n cael gair gyda Mr Tong am y peth yfory. Ond heno, penderfynodd gerdded adre drwy'r ganolfan siopa, heibio'r siopau lliwgar a'r goleuadau oedd wastad wedi gwneud iddo deimlo'n hapus. Dyna oedd ei ffordd e o ddathlu ei syniad da.

Ond roedd yna rai eraill yn dathlu'r noson honno. Ac roedd hi'n amlwg nad oedd y rheiny'n gallu rheoli eu teimladau. Eisteddai pum dyn wrth fwrdd y tu allan i gaffi. Ro'n nhw wedi yfed gormod o gwrw. Galwodd un ar Jamie wrth iddo gerdded heibio.

'Hei, mêt! Wyt ti'n gallu siarad Saesneg?'

Edrychodd Jamie ar y dyn. Roedd e'n fawr ac yn swnllyd.

'Ydw, wrth gwrs,' atebodd yn garedig. 'Fedra i eich helpu chi?'

Chwerthin a gweiddi wnaeth y dynion, a phenderfynodd Jamie eu hanwybyddu.

'Beth am ddod i gael peint gyda ni?! Mae'n ben-blwydd ar fy mêt, a fi sy'n prynu'r cwrw. Beth am ddod i ddathlu?!'

'Dim diolch,' meddai Jamie. 'Dw i ddim yn yfed cwrw, dim ond dŵr a the.'

Chwerthin eto wnaeth y dynion eraill, ond gwylltiodd y dyn cyntaf.

'Dw i ddim yn *gofyn* i ti, mêt. Dw i'n *deud*. Nawr, yfa hwn!' Gwthiodd y dyn dun o gwrw i wyneb Jamie. Trodd Jamie a dechrau cerdded i ffwrdd. Doedd e ddim eisiau cweryla gyda'r dynion yma. Ond cododd y dyn a chydio yn ysgwydd Jamie.

Chafodd Jamie ddim cyfle i feddwl am ei ymateb – trodd yn sydyn, a gwthio'r dyn yn galed ar ei frest gyda'i ddwy law. Glaniodd y dyn ar fwrdd arall, gan daro tuniau cwrw i'r llawr a thorri gwydrau. Wnaeth y dyn ddim codi.

Allai Jamie ddim credu'r hyn roedd e newydd ei wneud. Doedd e ddim wedi bwriadu gwneud unrhyw beth treisgar. Ond roedd y dyn wedi ei anafu.

Edrychodd y pedwar dyn ar eu ffrind mewn braw. Mewn dim, roedd y sioc wedi troi'n ymosodiad ar Jamie. Gwaeddodd pob un arno mewn tymer ddrwg. Roedd gan ambell un boteli yn eu dwylo ac roedd un wedi codi cadair bren fawr.

Doedd Jamie ddim eisiau bod yng nghanol hyn i gyd. Nid ei fai e oedd hyn. Doedd e ddim wedi bwriadu brifo neb. Nawr, roedd pedwar dyn mawr yn ymosod arno.

Teimlodd Jamie fel tasai rhywbeth yn torri yn ei feddwl ar yr eiliad honno. Roedd e'n teimlo fel tasai'r dynion yn symud tuag ato'n araf. Roedd hi'n hawdd symud o ffordd eu dyrnau, ac yn hawdd eu taro nhw mewn llefydd oedd yn siŵr o'u gwneud yn anymwybodol am amser hir. Ar ôl iddo daro'r pedwerydd dyn, teimlodd Jamie boen yn ei gefn. Syrthiodd ar lawr, ac aeth popeth yn ddu.

* * *

Roedd poen gan Jamie yn ei ben. Agorodd ei lygaid. I ddechrau, roedd y golau'n brifo ei lygaid. Gallai weld wyneb o'i flaen, wyneb menyw. Roedd hi'n gwenu arno. Nyrs oedd hi, ac roedd ganddi wyneb prydferth a charedig. Edrychai'n gyfarwydd.

'Sut dach chi'n teimlo, Mr Russell?' gofynnodd.

'Yn ofnadwy,' meddai Jamie. 'Fy nghefn i ...'

'Mi wna i nôl rhywbeth ar gyfer y boen, Mr Russell. Arhoswch am eiliad.'

---

treisgar – *violent*

braw – *fright*

dyrnau – *fists*

anymwybodol – *unconscious*

95

'Na!' meddai Jamie, yn fwy cadarn nag roedd wedi bwriadu. 'Does dim angen cyffuriau. Rhowch funud i mi.'

A dyna pryd y sylweddolodd Jamie nad oedd e'n gallu symud ei freichiau na'i goesau. Er mor galed roedd e'n trio, roedd ei gorff yn dal yn llonydd. Roedd e'n teimlo'n ddryslyd, yn sâl ac wedi blino.

'Plis, Mr Russell, mae'n rhaid i chi drio ymlacio. Mi wna i'n siŵr fod popeth yn iawn,' meddai'r nyrs wrth iddi sychu'r chwys oddi ar ei dalcen. Gwelodd Jamie'r bathodyn bach gyda'i henw – Angie Lee. Roedd ei llaw hi'n oer ac yn feddal. Gwenodd arno. A chofiodd Jamie pwy oedd hi – dyma'r ferch ifanc o'r dosbarth Tai Chi oedd wedi helpu'r gyrrwr lorri! Gwenodd yn ôl arni.

'Be ddigwyddodd, nyrs? Pam dw i yma?'

'Dyma Dr Sim. Bydd e'n esbonio'r cyfan i chi, Mr Russell.'

Dyn ifanc oedd Dr Sim, ifancach na Jamie, ond roedd e'n siarad mewn ffordd gadarn a phroffesiynol.

'Gaethoch chi eich taro ar eich cefn gan gadair bren, Mr Russell. Fe wnaeth dyn anafu eich cefn, a basai hi wedi bod yn llawer gwaeth tasai'r heddlu ddim wedi dod. Mae'n ymddangos eich bod chi wedi dechrau ymladd gyda phedwar o ffrindiau'r dyn nes eu bod nhw angen triniaeth yn yr ysbyty, cyn iddo fe eich anafu chi. Mae'r tystion yn dweud mai gwarchod eich hun roeddech chi, ac yn gwneud yn dda iawn, mae'n debyg, nes i'r gadair yna daro eich cefn chi!'

'Ond fedra i ddim symud fy mreichiau na 'nghoesau!' meddai Jamie.

'Am ein bod ni wedi eu rhwymo nhw'n dynn – chewch chi ddim symud eich cefn nes ei fod e wedi gwella,' meddai Dr Sim.

---

dryslyd – *confused*

bathodyn – *badge*

tystion – *witnesses*

gwarchod eich hun – *to defend yourself*

Sylweddolodd Jamie fod ei gorff cyfan yn cael ei gadw'n gwbl lonydd. Roedd hi hyd yn oed yn amhosib iddo symud ei ben.

'Os dach chi'n symud nawr, mae peryg i chi gael niwed tymor hir,' meddai'r meddyg.

'Tymor hir?!' Dywedodd y geiriau, ond doedd dim byd yn teimlo'n real. *Paid â cholli rheolaeth*, meddyliodd yn dawel.

'Fydda i ... Fydda i'n gwella?' gofynnodd.

'Byddwch,' meddai'r meddyg. 'Dim ond i chi aros yn gwbl lonydd am o leiaf ddau fis. Mae'n rhaid i ni wneud yn siŵr fod eich cefn yn gwella'n llwyr cyn meddwl gadael i chi symud. Ond mae'n siŵr y byddwch chi lawer iawn yn well erbyn hynny, felly peidiwch â phoeni. Trïwch fwynhau'r profiad!'

Ac ymlaen â Dr Sim at y claf nesaf.

Teimlai Jamie fod bywyd wedi chwarae tric creulon arno. Ar ôl treulio'r holl amser yna'n cael y meddwl a'r corff perffaith, doedd e ddim yn cael codi o'i wely! Teimlai'n wirion ac yn ddigalon iawn.

Dyna pryd gerddodd Angie Lee i mewn gyda thabledi i Jamie. Roedd e eu hangen nhw.

* * *

Cafodd Jamie ymwelwyr ar ôl ychydig ddyddiau. Daeth Adrian a Mr Tong i'w weld e. Sgwrsiodd Adrian am y coleg ac am y ffordd roedd pawb yn meddwl amdano, ond eisteddodd Mr Tong mewn tawelwch llwyr. Ar ôl i Mr Tong nodio ar ei nai, ffarweliodd hwnnw a gadael.

Eisteddodd Mr Tong a syllu ar y claf. Doedd Jamie ddim am siarad

---

colli rheolaeth – *to lose control*

claf – *patient*

nai – *nephew*

gydag e, er ei fod yn ceisio dyfalu beth oedd ar ei feddwl. O'r diwedd, siaradodd Mr Tong.

'Dw i wedi bod yn sgwrsio gyda hen ffrind amdanat ti. Mae e'n dy nabod di'n dda.'

'Pwy, felly?'

'Mr Lo. Mae'n poeni amdanat ti. Roeddet ti'n ddisgybl iddo unwaith,' meddai.

'Pam mae e'n poeni?' gofynnodd Jamie, er bod ganddo deimlad ei fod e'n gwybod yr ateb yn barod.

'Roedd e'n gweld fod rhywbeth yn digwydd i ti. Ro'n innau'n gweld hynny hefyd. Ond ro'n i'n gobeithio y basai ochr garedig y *chi* yn cywiro'r diffyg cydbwysedd.'

'Diffyg cydbwysedd?'

'Ie,' meddai Mr Tong. 'Roedd pŵer dy *chi* di'n codi fel sarff. Roeddet ti'n colli rheolaeth, yn colli'r cydbwysedd. Pam wyt ti'n meddwl dy fod di wedi cweryla â'r dynion yna? Mae gen ti'r sgiliau, ond dwyt ti ddim yn ddoeth. Mae'n cymryd bywyd cyfan i ddysgu pethau, ac rwyt ti eisiau'r cyfan ar unwaith! Fedri di ddim gwneud popeth ar dy ben dy hun! Dan ni'n gweld hynny. Ond rwyt ti'n ifanc. Fe alli di ddysgu, os nad wyt ti'n lladd dy hun yn gynta!'

Chwerthin wnaeth Mr Tong.

'Dw i'n gwybod na fyddi di'n gallu symud am ychydig, ond maen nhw'n dweud y byddi di'n gwella yn y diwedd. Ac os wyt ti'n defnyddio dy *chi* mi fyddi di'n gwella yn gynt. Mwynha'r ymlacio. Mae gen ti gyfle i feddwl am dy gamgymeriadau, edrych ar dy fywyd a meddwl sut mae cydbwyso dy *chi*.'

---

diffyg cydbwysedd – *lack of balance, imbalance*

sarff – *serpent*

Daeth Angie Lee, y nyrs, i mewn ac arhosodd wrth y drws er mwyn i Mr Tong gael gorffen dweud ei ddweud.

'Ac nid hen ddynion ydy'r athrawon gorau bob tro!' meddai Mr Tong wedyn. 'Mae dy wersi'n dechrau nawr. Dw i'n disgwyl dy weld di 'nôl yn fy nosbarthiadau i ar ôl i ti adael fan hyn.'

Cododd Mr Tong, a gwylltiodd Jamie wrth iddo gerdded i ffwrdd. Oedd hi'n bosib fod yr hen ŵr yn iawn?

'Barod, Jamie?' gofynnodd Nyrs Angie. Roedd hi'n amser iddi ei olchi. Roedd Jamie'n hoff o gwmni caredig y nyrs, ac roedd hithau'n hoff iawn ohono fe. Sylweddolodd Jamie ei fod e'n hoff iawn ohoni hithau. Gwenodd arni, a gwenodd hithau yn ôl.

Caeodd Jamie ei lygaid ac ymlacio. Efallai fod Mr Tong yn iawn. Efallai mai dim ond dechrau dysgu roedd e mewn gwirionedd.

Teimlodd gyffyrddiad Angie: roedd hi'n gynnes ac yn feddal.

Mor feddal â phluen.

GEIRFA

aciwbigo – *acupuncture*

aciwbwyso – *acupressure*

achub y blaen – *to forestall, to steal a march*

addawol – *promising*

addewid – *promise*

addo – *to promise*

aeddfed – *mature*

anghenion – *needs*

anghysurus – *uncomfortable*

ailadrodd – *to repeat*

amau – *to suspect*

amgueddfeydd – *museums*

amheuaeth – *doubt, suspicion*

anafu – *to injure*

anarferol – *unusual*

anhygoel – *amazing*

annheg – *unfair*

annisgwyl – *unexpected*

annog – *to encourage*

anwybyddu – *to ignore*

anymwybodol – *unconscious*

arbenigwr – *specialist*

arbrofi – *to experiment*

arfer(ion) – *habit(s)*

arllwys – *to pour*

arwyddo – *to sign*

asiant – agent

atgof(ion) – *memory (memories)*

atgofion – *memories*

atgoffa – *to remind*

Athro – *Professor*

athrylith – *genius*

awel – *breeze*

awyrgylch – *environment*

balch – *proud*

barnu – *to judge*

bathodyn – *badge*

baw – *dirt*

bawd (bodiau) – *thumb(s)*

blas – *flavour*

blaswr – *taster*

bodlon – *pleased*

boneddigion – *gentlemen*

brathiad – *bite*

braw – *fright*

brolio ei hun – *to boast*

bron – *chest*

brwd – *enthusiastic*

brwdfrydedd – *enthusiasm*

Bwrgwyn – *Burgundy*

bwriadol – *intentional*

bwriadu – *to intend*

byddar – *deaf*

byddarol – *deafening*

byddin – *army*

bygythiol – *threatening*

cadarnhau – *to confirm*

caead a chlo – *lid and lock*

cael cip – *to have a look*

cael gwared ar – *to get rid of*

camddeall – *to misunderstand*

campwaith – *masterpiece*

canlyniadau – *results*

canmol – *to praise*

cantorion – *singers*

cardfwrdd hallt – *salty cardboard*

carthffosiaeth – *sewerage*

carthion – *sewage*

casáu – *to hate*

cefndir – *background*

cefnogaeth – *support*

cegaid – *mouthful*

celwydd – *a lie*

celwyddgi hunanbwysig – *self-important liar*

celwyddog – *untruthful*

cenhedlaeth (cenedlaethau) – *generation(s)*

cerbyd – *vehicle*

ci tywys – *guide dog*

cig carw – *venison*

cimwch mewn cragen – *lobster in its shell*

claf – patient

cnawd – *flesh*

colli rheolaeth – *to lose control*

cosi – *to scratch, to itch*

craith – *scar*

creigiog – *rocky*

crib mân – *fine tooth comb*

crych(au) – *wrinkle(s)*

crynu – *to shiver*

cur pen – *headache*

cweryla – *to quarrel*

cwrtais – *polite*

cydbwysedd – *balance*

cydwybodol – *conscientious*

cyfaddef – *to admit*

cyfarwydd – *familiar*

cyfarwyddiadau – *instructions*

cyfarwyddwr – *director*

cyflogwr (cyflogwyr) – *employer(s)*

cyflwr – *condition*

cyflwyno – *to present*

cyfoethog – *rich, wealthy*

cyfrifol – *responsible*

cyfrinach(au) – *secret(s)*

cyfweliad – *interview*

cyffyrddiad – *touch*

cyhoeddiad – *publication*

cyhoeddwyr – *publishers*

cyhuddo – *to accuse*

cymhleth – *complex*

cymwysterau – *qualifications*

cyn-filwr – *former soldier*

cynhyrchydd – *producer*

cynilo – *to save*

cynnal – *to maintain*

cynnwys – *content(s)*

cysylltu â – *to connect to*

cytundeb – *agreement*

chwaeth – *taste, discernement*

chwilfrydig – *curious*

chwysu – *to sweat*

dadlau – to argue

dangos diffyg parch – *to be disrespectful*

dangos ei hun – *to show off*

dal ati – *to keep going*

dall – *blind*

dan ei reolaeth – *under his control*

darlith – *lecture*

darlithydd – *lecturer*

datgelu – *to reveal*

defnyddiol – *handy, useful*

denu cariadon – *to attract lovers*

dewr – *brave*

dibynnu – *to depend*

diddanu – *to entertain*

difaru – *to regret*

difrodi – *to damage*

diffyg cydbwysedd – *lack of balance, imbalance*

dinistr llwyr – *complete destruction*

diniwed – *innocent*

dirprwy – *deputy*

disgwyliadau uchel – *high expectations*

diweithdra – *unemployment*

diwylliant – *culture*

dod at ei goed – *to come to his senses*

dod i ben – *to finish*

dod o hyd i – *to find*

doeth – wise

drewi – *to stink*

dro ar ôl tro – *time after time*

dros dro – *temporary*

drwg yn y caws – *wrongdoing*

dryslyd – *confused*

dweud ei d(d)weud – *to have one's say*

dychryn – *to frighten*

dyled(ion) – *debt(s)*

dymchwel – *to demolish*

dyrnau – *fists*

ddeufis ynghynt – *two months previously*

edmygu – *to admire*

edmygwyr – *admirers*

enghraifft – *example*

eiddigeddus – *jealous*

eillio – *to shave*

esbonio – *to explain*

esgus – *to pretend*

etholiad – *election*

euogrwydd – *guilt*

ffaith (ffeithiau) – *fact(s)*

ffiaidd – *horrible*

ffôl – *stupid*

ffortiwn – *fortune*

Ffrengig – *French*

ffrwydrad(au) – *explosion(s)*

ffrwydro – *to explode*

ffrwydryn (ffrwydron) – *explosive(s)*

ffug – *artificial*

gaeafol – *wintry*

garddwrn – *wrist*

garlleg – *garlick*

gelyn – *enemy*

gobennydd – *pillow*

golygus – *handsome*

golygydd – *editor*

gorsaf radio – *radio station*

gwaedu – *to bleed*

gwagio – *to empty*

gwahanu – *to separate*

gwallgof – *mad*

gwarchod eich hun – to defend yourself

gwastraff – waste

gweddu – to suit, to match

gweinidog(ion) – *minister(s)*

gweld eisiau – *to miss*

gwelw – *pale*

gwendid – *weakness*

gwenwyn – *poison*

gwestai (gwesteion) – *guest(s)*

gwinllan – *vineyard*

gwirioni – *to be delighted, thrilled*

gwinllan – *vineyard*

gwg – *frown*

gwibio – *to speed, to dart*

gwichian – *to squeak*

gwleidydd(ion) – *politician(s)*

gwneud synnwyr – *to make sense*

gwrandawyr – *listeners*

gwrido – *to blush*

gwydn – *solid, tough*

gwydryn – *drinking glass*

gwyddbwyll – *chess*

gwyddonydd (gwyddonwyr) – *scientist(s)*

gwylwyr – *viewers*

gyrfa – *career*

hel clecs – *to gossip*

hunangofiant – *autobiography*

hwyl(iau) – *mood(s)*

hyderus – *confident*

hyd yn hyn – *sp far*

hyfforddi – *to train*

hyn a'r llall – *this and that*

ieuengaf – *youngest*

ildio – *to give in/up*

llac – *loose*

llaith – *damp*

llawdriniaeth(au) – *operation(s), surgery*

llawenydd – *joy*

lledaenu – *to spread*

lleddfu – *to soothe*

llenyddiaeth – *literature*

llwgrwobrwyo – *to bribe*

llwnc – *throat*

llwyddiannus – *successful*

llwyddiant – *success*

llyfnder – *smoothness*

llygredd – *pollution*

llyw – *steering wheel*

llywodraeth – *government*

machlud – *sunset*

main – *fine, thin*

meddwl y byd o – *to think the world of*

moethus – *luxurious*

mud – *unable to speak, mute*

mwclis – *necklace*

mymryn – *a hint, a little*

mynd amdani – *to go for it, to go ahead*

mynd dros ben llestri – *to go too far*

nai – *nephew*

neidr (nadroedd) – *snake(s)*

nerf(au) – *nerve(s)*

newyddiadurwr(wyr) – *journalist(s)*

nionyn (nionod) – *onion(s)*

nodwydd(au) – *needle(s)*

o bedwar ban byd – *from all four corners of the world*

ochneidio – *to sigh*

oriawr – *watch*

paentiad(au) – *painting(s)*

para – *to last*

parchu – *to respect*

pellter – *distance*

penderfynol – *determined*

penigamp – *superb*

perffaith – *perfect*

perffeithio – *to perfect*

persawr – *perfume*

perthynas blin – *angry relative*

pibell(au) – *pipe(s)*

pigog – *prickly*

plentynnaidd – *childish*

pluen – *feather*

poeri – *to spit*

prae – *prey*

prif gynllunydd – *head designer*

profi – *to test*

profion – *tests*

prydferthwch – *beauty*

pur – *pure*

pwyso ymlaen – *to lean forward/over*

rhamant – *romance*

rhegi – *to swear*

rhestru – *to list*

rhesymol – *reasonable*

rhoi'r gorau i – *to give up*

rhwymau – *bandages*

rhwystro – *to stop*

rhyfel – *war*

safon(au) – *standard(s)*

sarff – *serpent*

sbec – *peek*

sbwylio – *to spoil*

sebon – *soap*

sefyllfa(oedd) – *situation(s)*

serennu – *to star*

sgleiniog – *shiny, sparkly*

siomi – *to disappoint*

slap fach chwareus – *a playful little slap*

stecen – *steak*

stondin(au) – *stall(s)*

stumog wan – *weak stomach*

suddo – *to sink*

swigen – *bubble*

swildod – *shyness*

synnwyr cyffredin – *common sense*

tagu – *to choke*

taldra – *height*

talu crocbris – *to pay an extortionate price*

tân gwyllt – *fireworks*

te bach – *afternoon tea*

teclyn – *instrument, gadget*

telerau – *terms*

tlawd – *poor*

trafod – *to discuss*

trafferth – *trouble*

trafferthu – *to bother*

treisgar – *violent*

trin – *to treat*

triniaeth – *treatment*

trueni – *pity*

trwchus – *thick*

trydan – *electricity*
twyllo – *to fool*
tynnwr corcyn – *corkscrew*
tystion – *witnesses*
tywel – *towel*

ysgol breswyl – *private school, boarding school*
ysu am – *to long for*
ysu am – *to long for*

unigryw – *unique*
wedi arfer – *used to, familiar with*

ychwanegu – *to add*
y d(d)iweddar – *the late (deceased)*
y drefn – *the order of things*
ymarferol – *practical*
ymateb – *reaction*
ymdopi â – *to cope with*
ymddiried – *to trust*
ymennydd – *brain*
ymestyn – *to reach*
ymgyrch – *campaign*
ymhell ar ôl – *long after*
y noson gynt – *the previous night*
yn amyneddgar – *patiently*
yn ddiweddarach – *later*
yn enwedig – *especially*
yn gyfan gwbl – *altogether, completely*
yn hwyr neu'n hwyrach – *sooner or later*
yn llygad ei le/eu lle – *absolutely correct*
yn torri eu boliau – *to be very excited*
yn wledd i'r llygaid – *a feast for the eyes*
yn y cyfamser – *in the meantime*

Un arall yn y gyfres

atebol

Richard MacAndrew

GEM
BERYGLUS

Addasiad Pegi Talfryn

Un arall yn y gyfres

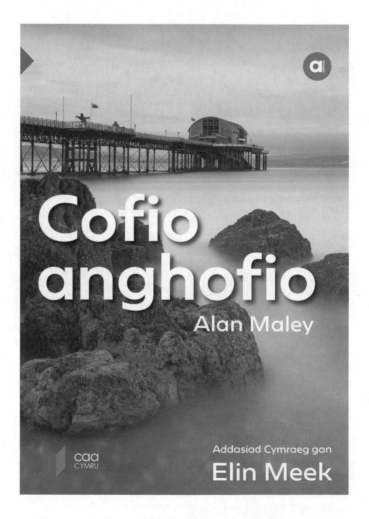

Cofio anghofio

Alan Maley

Addasiad Cymraeg gan
Elin Meek